L'AMI

DES

FILLES.

NOUVELLE ÉDITION,

Revue, corrigée & augmentée
de plufieurs Chapitres.

Le champ le plus fertile a befoin de culture.
GOMBERVILLE.

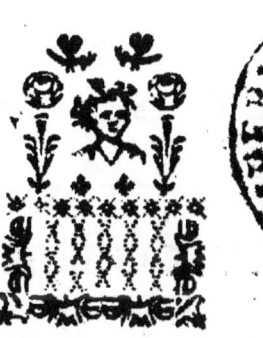

A PARIS,

Chez DUFOUR, Libraire, au milieu du
Quai de Gefvres, à l'Ange Gardien,
ET A DUNKERQUE,
Chez DE BOUBERS, rue de l'Églife.

M. DCC. LXII.

A

MADEMOISELLE
*DE FONT***.*

MADEMOISELLE,

En vous dédiant cet Ouvrage, je m'acquitte d'un tribut que je devois autant à vos vertus qu'à votre naiſſance. Vous y reconnoîtrez aiſément, Mademoiſelle, des préceptes dont la pratique vous eſt naturelle : fruit précieux de la tendreſſe d'une mere vertueuſe, dont l'exemple & les ſa-ges avis vous ont ren-due digne de la juſte ad-miration de tous ceux qui ont le bonheur de vous connoître.

Je ſuis avec un très-profond reſpect,

MADEMOISELLE,

Votre très-humble & très-obéiſſant ſerviteur,

B. C. G. D. G.

L'AMI
DES
FILLES.

AVANT-PROPOS.

E ſuis l'Ami des Filles,
j'oſe l'avouer, je m'en fais
gloire. Cenſeurs atrabi-
laires, n'armez point vos fronts
de ſévérité ; ce titre n'eſt effrayant
que pour quelques prudes, qui ſe
choquent mal à propos de tout.

Etre l'Ami des Filles, c'eſt l'ê-
tre de tout ce que la nature a formé de plus parfait. C'eſt dans
cette précieuſe partie d'un ſexe

né pour le bonheur des mortels,
que l'on trouve les graces, l'efprit,
l'enjouement, la vivacité, la délicateffe, & les vrais plaifirs. Elles
font l'ame de la fociété, & fans
elles tout y languit. *Ariftarques*
injuftes, ne précipitez point votre
jugement! Vous ignorez, fans doute, que je peux vous prouver, qu'il
faut avoir les mœurs pures pour
être l'ami des filles.

Fit-on jamais un crime au Fleurifte de confidérer, avec une efpece
de volupté, le bouton d'une rofe qui
commence à s'épanouir? Je fuis ce
Fleurifte; la nature entiere eft mon
jardin; c'eft là que je me plais à
porter un œil curieux fur de jeunes
plantes, faites pour embellir l'hé-
mifphere qu'elles habitent.

L'Ami des Hommes a fondé fon
Empire, fon regne fubfiftera long-

tems. Ce Sage écrivit pour la félicité publique; la société lui doit des autels, & je vois déja son image au rang des bienfaicteurs de l'humanité. Sans doute le Ciel l'avoit fait naître pour former des *Titus* & des *Antonins*. Ce généreux Citoyen voudroit que les hommes fussent heureux, mais sont-ils faits pour l'être? Ses préceptes ont embrassé l'universalité. Plus modeste en apparence & peut-être avec plus de prétentions, l'*Ami des Femmes* donna des loix à ce sexe aimable. Initié, sans doute, dans toutes ces minutieuses tracasseries qui répandent un froid momentané entre deux époux, froid qui n'altere jamais l'amitié conjugale, il s'est livré aux détails les moins importans; il a recommandé aux femmes les soins, les attentions, les complaisances; il a même

fait des efforts pour leur perfuader
que le bonheur & la paix étoient
entre leurs mains ; il fit bien. Mais
qu'il me foit permis de mander,
pourquoi dans fes recherches profondes, il femble avoir affecté
d'oublier que fes pupilles pouvoient devenir meres ; & quelle
raifon lui a fait négliger de leur en-
feigner les foins délicats & l'attention férieufe qu'exige l'éducation
d'un fexe, que nous ofons nommer foible & fragile ?

La jeuneffe des filles brille de
mille attraits naiffans ; les femmes,
quelques aimables qu'elles foient,
perdent par degré cet éclat qui ne
fait que fe développer dans les premieres. La vue d'une jeune perfonne leur rappelle l'idée du temps paffé ; on s'écrie tout haut : *J'étois*
comme cela à quinze ans. J'en ai

trente & mon trop véridique miroir m'apprend que ce temps s'est écoulé bien rapidement. Ces derniers mots font toujours prononcés à voix basse. Quoiqu'il en soit, c'est au silence de l'Ami des Femmes sur l'objet important de l'éducation, que je dois l'idée de cet Ouvrage. Heureux encore, si l'*Ami des Filles* pouvoit jouir d'une réputation égale à celle de celui des Femmes.

Avant d'entrer dans aucun détail, qu'il me soit permis de hazarder ici quelques réflexions générales sur les Filles & l'éducation qu'on leur donne. C'est à vous, à qui je les adresse, sexe charmant, que l'Auteur de la Nature créa pour le bonheur des hommes. Je fus toujours votre adorateur. Un pouvoir inconnu, un attrait invisible m'ont entraîné vers vous dès

A v

la plus tendre jeuneſſe. Votre ſociété fait encore mes plus cheres
délices. Je vous ai conſidéré ſous
toutes les formes, je vous ai ſuivi
dans vos démarches, j'ai même
voulu approfondir votre caractere. Je l'avouerai; malgré mes regards attentifs & pénétrans, je
crains encore de n'avoir point réuſ-
ſi. Votre ſexe eſt un caméléon qui
varie d'un inſtant à l'autre, & met
ſouvent l'obſervateur en défaut.
Cependant la difficulté ne m'a
point découragé, mes réflexions
m'ont conduit à une découverte
qui, ſi elle n'a pas tout le mérite
de la nouveauté, m'a du moins
perſuadé que je pourrois parvenir
à la ſource de la légéreté que l'on
vous reproche.

Cet attrait qui vous entraîne
malgré vous vers les plaiſirs, ce

goût décidé pour la frivolité, ce penchant à la coquetterie, ce defir immodéré de plaire, enfin cette ialoufie que les charmes d'une amie infpirent, même à la femme la plus refpectable, tous ces défauts appartiennent moins à votre effence qu'à la nôtre; j'ofe dire même qu'on ne vous les eût point reproché, fi les hommes vous euffent moins redouté.

Votre fexe a naturellement l'efprit plus fin, plus vif, plus pénétrant, j'oferois même dire plus réfléchi que le nôtre. L'homme, moins délicatement organifé, fe reffent de fon origine, il ne reçoit qu'avec peine les impreffions des objets. Dans un âge où les filles font l'ornement de la fociété, il rampe encore dans la pouffiere de l'école. Le fexe faifit

les idées avec une promptitude
étonnante ; s'il s'applique, ſes progrès ſont ſi rapides, qu'il nous ſur-
paſſe aiſément. L'éloquence ſemble être ſon partage. A l'inflexion
douce d'une voix agréable, les filles joignent le charme de la per-
ſuaſion, & répandent des fleurs
ſur les matieres même les plus abſ-
traites.

Il y a dans l'homme une certaine dureté naturelle qui ſe répand
juſques ſur ſon ſtyle, il veut toujours parler en maître, c'eſt un
pédant qui ne régente que le fouet
à la main ! Quelle différence lorſque ce ſexe aimable veut nous inſ-
truire, ſes préceptes ſont toujours
offerts ſous un aſpect riant, ce ſont
les graces qui nous enchaînent.
Si quelquefois il blâme nos défauts, attaque nos ridicules, c'eſt

avec tant d'aménité qu'elle ôte
toute l'aigreur du reproche : on
ménage notre fenfibilité ; il femble même que l'on ne cherche à
nous corriger qu'afin de nous rendre aimables , & dignes de plaire ;
alors, attirés par un charme fecret
qui nous annonce des récompen-
fes , nous écoutons avec docilité
des préceptes , qui , préfentés fous
une autre face, choqueroient notre orgueil.

C'eft dans l'éducation que l'on
donne aux filles, qu'il faut chercher la racine des vices que nous
leur trouvons ,, Pères & meres ,
,, *dit un habile Orateur,* vous con-
,, fiez l'éducation de vos enfans à
,, des gens , entre les mains def-
,, quels vous n'oferiez remettre la
,, clef de votre tréfor. "

,, En effet , quel eft ordinaire-

,, ment le Mentor que l'on choi-
,, fit pour former le cœur d'une
jeune perfonne, deftinée aux plus
grandes alliances, & faite pour
jouer un grand rôle fur le théatre
du monde ? Une femme merce-
naire, née de la lie du Peuple,
fans principes, & qui fouvent n'a
d'autre recommandation que le titre de vieux domeftique. ,, Alors,
,, *dit le même Orateur*, l'enfant
,, eft confiné dans un apparte-
,, ment éloigné, ce n'eft plus à
,, votre fille à qui vous donnez
,, les foins qui lui font dûs, c'eft
,, à vos plaifirs, à vos parures ; &
,, prefque toujours, je ne puis le
,, dire fans horreur, ce n'eft point
,, l'animal le plus chéri de la mai-
,, fon. "

Cette apoftrophe eft un peu dure, j'en conviens ; c'eft à vous, me-

res de famille, à décider fi elle eft
fondée. Au moins ne pouvez-vous
difconvenir, qu'auffi-tôt qu'une
fille eft née, elle paffe entre les
mains d'une étrangere, dont la
fanté eft atteftée par un Médecin
équivoque, fouvent penfionné
pour certifier un faux. Trois années s'écoulent, fans qu'on ait la
moindre inquiétude fur le fort de
cet enfant. Je fuis même affuré,
que, fans les vifites intéreffées de
la nourrice, on oublieroit bientôt que l'on eft mere. Retirée des
mains de cette femme, une fille
eft livrée à des gouvernantes (heureux encore fi l'on ne pouvoit re-
procher à ces dernieres que leur
ignorance & leur groffiéreté !)
C'eft dans cet âge où le cœur reçoit les premieres impreffions,
qu'une mere devroit étudier les

inclinations de fa fille ; mais ce
foin eft au deffous de fon état ; on
paie des gens pour veiller fur l'enfant, qui, fans le foin que l'on a de
lui répéter le nom de fes parens,
ignoreroit fon origine. Les careffes d'une *Bonne* font fouvent les
feules qu'elle connoiffe. Un ton
abfolu & defpotique, un regard
dur, jamais le moindre figne de
tendreffe, toujours de l'humeur,
voilà ce qui caractérife la plupart
des meres. Ce nom, fi refpectable
& fi expreffif, fait pour infpirer
l'amour le plus tendre, n'eft plus
entendu qu'avec un certain friffonnement de la part d'un enfant : *Vo-*
tre mere en fera informée, eft une
phrafe fi effrayante, qu'elle fait
trembler le caractere le plus opiniâtre. Je me fouviens d'avoir été
témoin d'un fait fingulier, propre
à confirmer ce que j'avance.

„ Une jeune enfant avoit un très-
„ joli chien, qui, foit laffitude ou
„ caprice, refufoit de faire le ma-
„ nege, auquel on l'avoit dreffé.
„ Cette petite fille irritée, après
„ avoir tout tenté pour fe faire
„ obéir, le menaça de lui donner
„ une mere, s'il continuoit dans
„ fon obftination. Le ton vif dont
„ elle prononça fa menace, fit ef-
„ fet, & la bête obéit. Sa maîtref-
„ fe, toute enchantée de fa dé-
„ couverte, courut à fa Gouver-
„ nante, en s'écriant : *Ah ! ma*
„ *bonne, il faut qu'une mere foit une*
„ *bien terrible chofe, puifque Bi-*
„ *jou, dans la crainte d'en avoir*
„ *une, m'obéit à point nommé.* "

Combien eft - il de marâtres,
dont les enfans prennent une pareille idée ? Mais ce n'eft point
aux meres à qui je m'adreffe, c'eft

aux filles ; c'eſt à cette jeuneſſe aimable, faite pour plaire, & dont
les charmes naiſſans ont ſçu plus
d'une fois adoucir le cœur le plus
féroce. Les femmes ont eu leur
Légiſlateur ; un Sage enſeigna aux
hommes les moyens d'être heureux ; il eſt bien juſte que leurs rejettons attirent l'attention & les
ſoins d'ún homme, à qui l'âge ne
permet plus que de ſe dire leur
ami.

J'ai été jeune, j'ai long-temps
aſpiré à l'hymen ; mais, ſoit humeur ou caprice, ſoit que la difficulté du choix m'ait embarraſſé,
en projettant perpétuellement de
me marier, j'ai vu ma jeuneſſe s'é-
couler ſans en rien faire. Dès lors
j'avois bâti un plan d'éducation
pour mes enfans. Ils étoient l'objet de toutes mes réflexions. Reſ-

té malgré moi dans le célibat , elles ne m'ont été d'aucun ufage
perfonnel. Que je ferois heureux,
fi je pouvois aujourd'hui faire goûter aux jeunes perfonnes des principes que j'aurois voulu infpirer à
mes filles !

CHAPITRE PREMIER.

Réflexions sur l'éducation des Filles. ~

IL n'eſt point de ſociété qui n'ait ſes tyrans ; c'eſt-à-dire , quelques unes de ces perſonnes qui ſemblent nées pour le tourment des autres : accoutumées à juger en dernier reſſort & de ce qu'elles comprennent & de ce qu'elles ne comprennent pas , la moindre contradiction les ſuffoque ; & quand elles n'ont rien de bon à alleguer à ceux qui prennent la liberté d'appeller de leurs arrêts , elles ſubſtituent les groſſiéretés aux raiſons ; elles n'apprécient le mérite des autres qu'à proportion du reſpect & de la

déférence qu'on a pour le leur, &
leur plus grande attention, est de
s'attacher a relever les bévues de
ceux qu'elles regardent comme
leurs ennemis, parce qu'ils ne sont
pas leurs esclaves. Les demi-sa-
vans, les vieillards sont sur-tout
propres à jouer cet odieux person-
nage ; mais quand une étude médiocre se trouve jointe à l'expérience d'un vieillard dont l'esprit
a toujours été borné, malheur à
la société à laquelle il entreprend
de prouver sa supériorité & son
excellence ; à moins qu'il ne s'y
trouve quelques personnes assez
courageuses pour rompre en vi-
fiere au demi-savant, toutes les
fois qu'il veut prendre le ton dé-
cisif, & lui prouver, par ses con-
tradictions réitérées, qu'il s'en faut
beaucoup qu'on ne le regarde

comme infaillible. Une jeune Dame vint à bout, il y a quelques jours, de mettre hors de mesure un original de cet espece. Cet homme, qu'on appelle Montalban, est un Officier âgé de cinquante ans, & qui a passé ses premieres années à étudier pour se mettre en état de posséder un Bénéfice qui lui a manqué. Cet homme réunit dans son caractere les qualités les plus estimables & les plus odieuses ; il joint à la probité la plus févere, au cœur le plus compatissant, à l'attachement le plus sincere pour ses amis, l'entêtement d'un pédant, la fatuité d'un Petit - Maître d'Église, & l'humeur altiere d'un Éleve de Mars. Détesté de tous ceux qui ne le connoissent que superficiellement, il arrache l'estime de ceux même qu'il excede, & l'on fait grace à son impertinence, en faveur de sa droiture. Ses amis n'ont rien épargné pour le corriger de ses entêtemens, ou du moins le forcer à garder le silence, mais ils y ont échoué, & la seule Dame en question, a tenté cette cure avec assez de succès; comme elle ne pourroit se multiplier assez, pour se trouver dans tous les lieux où l'on auroit besoin de sa recette; je l'exposerai ici d'autant plus volontiers, qu'elle est fort simple. Elle a prit à tâche de contredire l'honnête homme dont j'ai parlé, toutes les fois qu'il ouvre la bouche. D'abord il s'est défendu avec ce courage qu'inspire toujours la persuasion de sa supériorité sur son adversaire; mais comme il s'apperçoit que les rieurs ne sont pas de son côté, il commence à prendre le parti du silence, & c'est tout ce que l'on demande. Comme ses petites disputes d'ailleurs, ont donné lieu à des conversātions fort amusantes ; j'en rapporterai quelques unes.

M. Montalban a deux filles qui doivent un jour avoir beaucoup de bien, & tenir par conséquent leur place dans le monde. Elles sont jolies, & ne manquent pas d'esprit ; mais le pere n'épargne rien de ce qu'il croit propre à le rétrecir. Depuis la mort de son épouse, ces pauvres enfans n'ont bougé de la campagne, où, sous les yeux d'une Gouvernante, dont on auroit peine à trouver la pareille entre mille, elles apprennent à coudre, à filer, à cuire le pain, à veiller sur un blanchissage,

ge , & à bien élever des poulets.
Leur pere craint tant pour elles ,
le defir de devenir favantes, qu'il
ne fouffriroit pas chez lui un domeftique qui fut épeller. A quoi
fert la lecture & l'écriture, s'écrie-
t-il quelquefois, & pourquoi l'en-
feigner aux perfonnes du fexe?
Pour leur donner le moyen d'é-
crire & de recevoir des billets
doux ? Vive la méthode dont fe
fervoient nos ayeux : leurs enfans ,
excepté ceux qu'on deftinoit à être
Docteurs, ne favoient que figner
leur nom , & n'auroient pas fu le
lire. L'occafion étoit trop belle ,
pour que la Dame antagonifte, de
M. Montalban, la laiffa paffer fans
en profiter ; elle effaya de lui prouver combien la thefe qu'il foute-
noit étoit abfurde ; & le refte de la
compagnie, encouragée par fon

B

exemple, s'étant jointe à elle pour
contredire notre Officier, il en-
tra dans une espece de fureur, &,
après avoir épuisé sa poitrine pour
l'emporter, du moins en criant
le plus haut, sans pouvoir se faire
entendre, au milieu du cercle,
où chacun s'efforçoit de crier plus
haut que lui, il sortit brusque-
ment, & laissa à la compagnie la
liberté de rire tout à son aise, de
la comédie qu'il venoit de leur
donner. Lorsque les éclats de rire
furent un peu appaisé, un jeune
Avocat demanda, si l'opinion de
Montalban étoit aussi ridicule que
l'on se le persuadoit, & pria la
compagnie de décider, à laquelle
de ces deux éducations elle don-
neroit la préférence, s'il falloit né-
cessairement choisir : ou de celle
qui, bornant les personnes du

sexe aux occupations du ménage,
leur interdiroit absolument toutes
sortes d'études : ou de celle qui,
les appliquant absolument à l'é-
tude, leur interdiroit toutes les
occupations du ménage : eh,
Monsieur, dit un jeune homme,
qui vouloit égayer la conversation, peut-on mettre une pareille
matiere en délibération. La nature, en formant le corps de la
femme, ne lui a-t-elle pas désigné
ses occupations d'une maniere si
claire, qu'elle ne peut s'y tromper ? L'expérience nous montre
que les personnes du sexe manquent de capacité pour l'étude ;
il est donc claire qu'elles doivent
s'appliquer à bien conduire leur
ménage ; & s'il faut parler franchement, je ne serois pas fâché
que ma femme fût hors d'état

d'apprendre, en recevant un bil-
let doux, les fentimens qu'il infpire. Filez, Mefdames, c'eft
l'occupation de la femme forte,
comme nous l'apprend l'Écriture;
filez, puifque, auffi-bien cette
occupation, & celles qui lui font
équivalentes, font les feules qui
vous conviennent. Les Dames fe
récrierent toutes enfemble, qu'il
ne falloit faire aucune grace à
l'auteur de ce beau raifonnement,
& qu'il devoit fubir le fort d'Or-
phée. Arrêtez, dit la bonne amie
de M. Montalban, il faut faire
expliquer Monfieur, & effayer de
le refuter, de le faire dédire. Un
arrêt donné avec tant de précipi-
tation, pourroit donner lieu de
foupçonner la bonté de notre caufe : je me charge de la défendre,
Mefdames, c'eft annoncer que je

la crois si juste, que je n'estime
pas qu'il soit nécessaire de recou-
rir au charme de l'éloquence,
pour remporter une victoire uniquement dûe à notre bon droit.
On applaudit au dessein de cette
Dame : les désespoirs (*) furent
déplacés & servirent à lier le Criminel, qu'on plaça sur un petit
escabeau au milieu de la cham-
bre ; les Dames s'attendoient à
une rétractation, mais il ne parut
pas disposé à faire amende hono-
rable; au contraire il annonça que,
puisque ses Juges étoient ses parties, il s'attendoit à périr ; mais
qu'au moins, il ne tiendroit point
la vérité captive dans ses derniers
momens. Alors on lui demanda
ce qu'il avoit prétendu prouver,
en disant méchamment & scan-

(*) Ruban qu'on met sur la tête, & qui nous
par dessous le menton.

daleufement, que la nature, en bornant les talens des Dames à la faculté d'élever leurs enfans, & de veiller fur leurs domeftiques, fembloit les avertir qu'elles ne pouvoient prétendre à des occupations plus relevées, fans s'expofer aux plus grands dangers. Le Criminel, après s'être recueilli un moment, répondit : qui n'a plus qu'un moment à vivre, n'a plus rien à diffimuler. Je m'en tiens donc, Mefdames, au fens naturel de mes paroles. 10. C'eft avec fageffe qu'on interdit l'étude aux Dames, parce que la nature, qui ne les y a pas deftinées, leur a refufé la folidité de l'efprit ; leur imagination vive conçoit aifément, j'en conviens : mais c'eft toujours d'une maniere fuperficielle ; d'où il arrive de deux cho-

ches l'une, ou qu'elles se conten-
tent de ce qu'elles apperçoivent
au premier coup d'œil, ou qu'elles
veulent approfondir les vérités
qu'elles ont entrevues ; dans le
premier cas elles se gâtent l'esprit,
dans le second elles le perdent &
deviennent folles. 2°. La nature
a refusée avec sagesse aux Dames
des organes biens disposés pour
l'étude, parce que la science est
absolument inutile aux fins, aus-
quelles elle les destine. Voilà ma
conclusion, Mesdames, pronon-
cée ; mais, sans vous laisser prévenir, parce que mon discours
paroît avoir de choquant pour
vous, examinez bien sérieuse-
ment, s'il ne prouve pas plus en
votre faveur, qu'à votre désavan-
tage : vous m'avez cru criminel,
& comme tel je me vois chargé

de chaînes ; que ces mains , qui m'ont enchaîné , s'apprêtent à me couronner de fleurs ; je ne demande qu'un quart d'heure , pour vous faire convenir de mon innocence. Les Dames se firent beaucoup prier , pour accorder le moment qu'on leur demandoit ; on mit les montres sur la table , & le jeune homme commença son récit. La nature sage & intelligente , a créé toutes les créatures pour une fin , & leur a donné précisément ce qu'il faut pour parvenir à cette fin. Les habitans des airs ont des aîles, les poissons sont fournis de nageoires , qu'elle n'a point accordé aux premiers , parce qu'elles leurs seroient inutiles , & que tout ce qui est inutile est incommode. Examinons maintenant , pour quelle

fin elle a créé les Dames, &
voyons, si elles ont sujet de se
plaindre de leur destination, &
des moyens qui leur ont été accordé pour y arriver ; vous ne sa-
vez, Mesdames, & peut - être
quelques-unes de vous ne le sa-
vent-elles que trop, que vous êtes
faites pour charmer & pour plaire.
La nature, cette bonne mere,
compatissant à cette foule de
maux, qui assiégent l'homme de
toutes parts, leur a présenté dans
votre individu, un charme puissant, capable de les leur faire oublier. Nous nous consolons à vos
pieds de nos pertes, de quelque
nature qu'elles soient : vous effa-
cez de notre esprit le souvenir de
nos malheurs passé ; vous suspen-
dez le sentiment des présens, &
vous ne nous laissez pas le mo-

ment de réfléchir fur ceux qui font inévitables pour l'avenir ; nous vous devons la vie, & nous vous devons encore tout l'agrément de la vie, que vous nous procurez. Sans vous l'homme groffier & ftupide n'eût jamais cherché à goûter le charme de la *société*, & plus farouche que les habitans des forêts, avec lefquels il eût fait fa demeure, il eût ignoré les beaux arts & les plaifirs ; ce feroit peu de chofe, fi nous ne vous devions que cela, mais ce qui met le comble à votre gloire, nous vous devons nos vertus : la nature pouvoit-elle vous créér pour une fin plus noble, & pourriez - vous, fans perdre infiniment, changer de deftination ? Non fans doute : mais la nature en vous faifant naître, pour captiver le cœur de

hommes, & pour leur faire trouver leur bonheur dans cette cap-
tivité, vous a-t-elle donné tout ce
qui vous est nécessaire, pour parvenir à cette fin ? C'est ce qu'il
faut considérer : examinons la
structure du corps de la femme ;
nous y découvrirons les fins que la
nature a eus en la créant. L'homme se glorifie quelquefois d'avoir
la force en partage, prouve sa supériorité sur le sexe : insensé, qui
tire vanité de ce qui devroit l'humilier le plus ; la nature, je l'ai
déja dit, ne fait rien d'inutile ;
elle n'a procuré le triste avantage
de se faire craindre, qu'à ceux
qui ne peuvent se faire aimer ; &
si elle a négligé de donner au corps
de la femme la force & la vi-
gueur nécessaire pour attaquer &
se défendre, elle leur a fourni de

plus puissantes armes. Omphale
fit trembler Hercule , vainqueur
de l'Hydre ; que dis-je, trembler ;
fit davantage , elle fit filer ce héros ; & toute la force de Samson ne
pût le défendre contre Dalilla ;
deux beaux yeux terrassent Poly-
phême ; la beauté d'Armide fait
quitter les armes au fameux Re-
naud. La délicatesse de votre tem-
pérament vous empêche de vous
livrer aux travaux pénibles, qui
eussent bientôt effacé la vivacité
de votre teint , & fait succéder à
cet embonpoint proportionné une
maigreur toujours dégoûtante ,
quand elle est occasionnée par le
travail. Si la proportion de vos
traits enchante nos regards , la
douceur de votre voix charme nos
oreilles , en un mot , sous quelque point de vue qu'on vous en-

viſage , par rapport au corps , on
ſait que vous êtes faites pour plaire. Mais l'intention de la nature
ſe manifeſte d'une maniere plus
ſenſible ; ſi l'on vous examine par
rapport à l'eſprit & au cœur, la
douceur ſemble être le caractere
diſtinctif des perſonnes du ſexe,
auſſi-bien que la modeſtie & la
pudeur. Les organes de votre
corps ſont tellement diſpoſés que
vous avez préciſement ce qu'il
faut d'eſprit pour plaire. Votre
cerveau, plus mol que celui des
hommes , ne peut à la vérité retenir fortement les objets qui s'y
impriment ; mais c'eſt juſtement
ce qui produit l'un des plus grands
agrémens qu'on goûte dans votre
ſociété. C'eſt à cet heureux défaut
que nous devons la vivacité , l'a-
grément , la varieté de vos con-

verfations : & que deviendroient
les hommes, fi, dans les momens
où ils viennent chercher auprès
d'une jolie femme le délaffement
de leurs travaux, ils la trouvoient
enfevelie dans la méditation d'un
problême géométrique ? Repré-
fentez-vous une jolie figure de
vingt ans, affife fans branler, ou
fe promenant avec une agitation
étonnante, les yeux mornes, ou
hagards, ou fixés fur un objet
qu'elle ne voit pas, fe mordant
les ongles, frappant du pied, fron-
çant les fourcils ; le joli fpectacle ! interrogé cette figure, par-
lez-lui de la fituation de votre
cœur, elle vous répondra qu'il
n'eft pas poffible qu'un corps ait
neuf faces égales & femblables ;
en un mot, il faudra partager fa
manie, ou effuyer fa mauvaife

humeur ; les personnes du sexe
doivent donc regarder comme un
avantage l'heureuse incapacité ,
dans laquelle elles ne haïssent à
l'égard des sciences , puisqu'elles
possédent naturellement celle de
plaire , qu'elles ne peuvent conferver qu'en facrifiant généreufe-
ment le defir de fe diftinguer par
les autres , & loin de fe plaindre
des loix qui leur interdifent l'é-
tude , elles doivent les confidérer
comme fages , & fondées dans la
nature , qui , dans la diftribution
de fes dons , les a diftinguées
avantageufement des hommes.

A peine , le jeune homme eût-il
ceffé de lire , que toutes les Dames
frapperent des mains. On voulut
le délier , mais il prétendit qu'on
lui devoit quelque fatisfaction ; &
s'en étant rapporté au jugement

des autres Meſſieurs, il faut décider à la pluralité des voix; que toutes celles qui avoient aidé à l'attacher, lui donneroient un baiſer en
le détachant; j'y conſens, de bon
cœur, dit la Dame, qui s'étoit
chargée de défendre la cauſe du
ſexe, & qui ſe nomme *Debau-
lieux;* mais il faut après avoir ba-
diné qu'il réponde ſérieuſement
aux deux premieres queſtions qui
ont été faite ſur l'éducation : le Cavalier le promit de fort bonne grace. On demande à laquelle de ces
deux éducations, il faudroit donner la préférence ou a celle qui
bornent les perſonnes du ſexe aux
ſoins du ménage, leur interdiroit
toute étude, ou a celle qui les oc-
cupent des choſes plus relevées,
leur laiſſeroit ignorer abſolument
la connoiſſance des affaires domeſ

tiques, en fuppofant qu'on ne fût pas maître de choifir un jufte milieu entre ces deux extrêmités.

Pour pouvoir décider à laquelle des deux éducations propofées on doit donner la préférence, il ne s'agit, ce me femble, que d'examiner laquelle de ces deux éducations conduit plus fûrement les perfonnes du fexe, à la fin pour laquelle la nature les a créées; cette fin n'eft point équivoque : la femme, peu propre aux affaires du dehors, doit naturellement chercher à foulager fon époux en fe chargeant des affaires domeftiques : auffi dans tous les temps, & chez tous les peuples, les femmes fe font-elles conftamment occupées du ménage & des foins qu'exigent les enfans ? or, on peut avancer comme une chofe fûre,

qu'un ufage introduit chez toutes
les nations , & qui s'y eft conftan-
ment foutenu , eft fondé dans la
nature ; ceux qui doivent leur origine au caprice , font d'ordinaire
abrogés par un autre caprice ; la
nature & la raifon exigent donc
que les perfonnes du fexe fe rendent capables de régler leur maifon , & qu'elles éloignent foigneu-
fement toute étude capable de les
dégoûter de cette fcience faite
pour elles ; il faut ici, Mefdames,
vous dévoiler un myftere qu'il
importeroit peut-être de cacher
à chacune de vous ; l'intérêt de la
caufe que je défends l'exige , fes
foins domeftiques : aufquels la
nature, la raifon & l'ufage vous
ont dévoués , renferment des détails minutieux qui n'ont rien que
de dégoûtant ; & l'on ne peut trop

tôt s'appliquer à vous les adoucir par l'habitude, feule capable de vous les déguifer : l'on ne peut trop vous éloigner des chofes capables de vous ouvrir les yeux fur ce que ces emplois ont de pénible; vous ne tarderiez pas à les négliger, à les méprifer, même fi vous pouviez en partager les nôtres, faire comparaifon: grace aux foins de la Providence, nous n'avons jufqu'à ce jour rien à craindre fur cet article; les Dames, fidelles à l'efprit de leur état, le poffedent tout entier; & elles font par goût ce qu'elles feroient réduites à faire par devoir, fi elles fuccomboient à la tentation de cultiver leur efprit par l'étude des fciences. En quoi leur ferviroit cette étude? La femme, comme je le difois il y a quelques jours, eft faite pour

délasser son époux des fatigues
qu'exigent les soins de la vie : &
les sciences , comme je l'ai fait
voir , les rendroient moins propres à remplir cette fin. Il suffit
qu'un époux, qui se retire le soir
à son logis , trouve une maison
nette & rangée ; une épouse, qui,
savante dans l'art de relever ses
charmes naturels par une parure
sans affectation , présente à ses
yeux un objet capable de nourrir
la tendresse conjugale , trop facile
à se consumer par ses propres
flammes : il suffit que cette épouse lui aide à dépenser noblement
son bien , & qu'en Maître-d'Hô-
tel vigilant, elle sache ordonner,
apprêter même un repas bien entendu , quand son époux lui fait
la faveur de l'associer à ses plaisirs , en traitant ses amis chez lui;

dans ces occasions, une femme
savante seroit-elle en état de veiller à tout ? Monsieur ne seroit-il
pas contraint de donner les ordres,
pendant que Madame ne pense-
roit qu'à faire étalage d'érudition ? Ainsi la science ne seroit
propre qu'à dégoûter les personnes du sexe de leurs occupations
naturelles , & leur procureroit un
mal pour un avantage imagi-
naire : que les partisans de l'é-
tude ne me disent pas qu'un étude modérée met les personnes
du sexe en état de passer agréablement la plus grande partie
de leur vie ; l'ennui se fait rarement sentir aux femmes occupées des soins du ménage ; l'habitude leur cache ce qu'elles ont
de passible; leur esprit, accoutumé
aux vétilles , s'occupe sérieuse-

ment des heures entieres du foin de placer une taffe fur la fous-coupe, & l'arrangement d'un buffet eft l'ouvrage de plufieurs mois. Toute entiere à leurs états, dix femmes affemblées parleront un jour entier de leurs fervantes ; des gentilleffes de leurs enfans ; la nourrice, la blanchiffeufe fourniront chacune à leur tour matiere à la converfation ; faites retrouver ces mêmes femmes un an entier, vous ferez furpris de leur fécondité ; la converfation languira auffi peu le dernier jour que le premier ; & par un prodige heureux qu'on a peine à concevoir, une femme d'efprit s'amufe de ces détails, qui excédent l'homme le plus borné. Un autre avantage de l'éducation que je foutiens, c'eft qu'elle met à cou-

vert l'honneur des époux, qui,
craignant la fragilité du fexe,
ont prit la fage précaution de
choifir une femme affez laide,
pour être le remede des tenta-
tions : cette précaution devient
inutile, fi cette femme compenfe
du côté de l'efprit, & qui lui
manque dū côté de la figure, une
converfation amufante fait oublier la tournure du vifage de-
celle qui parle : on s'accoutume à
fa laideur, & bientôt ceffe d'être
choquante. Mais quelle reffource
refte-t-il à celles, qui, difgra-
ciées de la nature, font renfer-
mées dans le cercle étroit des détails domeftiques ? Toute converfation, qui les tire de ce cercle, leur eft étrangere : & quel
homme pourroit à la fois fermer
les yeux, & fe boucher les oreil-

les? Il en eſt peu , ſans doute : les
femmes de cette eſpece ſont réduites à briller avec leurs ſemblables , par les endroits même qui
éloignent d'elles toutes ſortes de
danger.

Je conclus donc , mes Dames ,
qu'il n'y a point à balancer entre
les deux éducations propoſées ,
& qu'il vaudroit mieux qu'une
jeune fille ne ſût pas même lire ,
que d'être en danger de perdre ,
en paſſant le goût des ſciences ,
celui des occupations naturelles
de ſon état.

CHAPITRE

CHAPITRE SECOND.

Le danger de la liberté.

LA nature ne répartit point é-
galement la beauté à toutes les filles. Une figure charmante, de
beaux yeux, une taille élégante,
un joli pied font des agrémens
qu'elle ne prodigua jamais. J'oſe-
roit preſque dire qu'une beauté
parfaite eſt un être de raiſon. En
France, ainſi qu'ailleurs, on eſt
joli, rien de plus. Mais dans tous
pays, le minois chiffonné d'une
fille aimable, faite pour la ſociété, & dont l'eſprit eſt cultivé, ſera toujours ſûre de plaire.
Perſonne n'ignore cette ancienne
maxime. ,, La beauté eſt une fleur

C

,, paffagere, qu'un rien flétrit : une
,, ame ornée eft un tréfor qui croît
,, à chaque inftant ; c'eft un riche
,, patrimoine qui rapporte au cen-
,, tuple. "

On remarque affez ordinairement que la laideur eft une efpece
d'avantage. Une fille laide gagne
fouvent du côté de l'efprit, ce
qu'elle perd du côté de la figure.
Une des plus belles filles de Paris
me difoit un jour à ce fujet : ,, On
,, me trouve jolie, chacun vante
,, mes charmes, je fuis Vénus, Flo-
,, re, les Graces, Diane, ou l'Auro-
,, re, & jamais Pallas ou Uranie.
;, Mes Adorateurs gardent un fi-
,, lence humiliant fur mon efprit.
,, Franchement ces comparaifons
,, me paroiffent offenfantes ; elles
,, me choquent fi fort, qu'il eft
;, des momens, où dans mon dé-

„ pit je voudrois être plus laide
„ que Sapho, & posséder ses ta-
„ lens. "

Jeunes beautés, il ne tient qu'à
vous d'unir les charmes des Muses
aux attraits des Graces. La lecture, en vous instruisant vous fera
connoître vos inclinations, & vous
aidera à les diriger ; en formant
votre esprit, elle vous servira encore à veiller sur votre cœur. La
réflexion est l'ouvrage de l'étude
qui sert toujours à développer les
talens ; mais ces talens n'excluent
point la vertu, ils servent au contraire à la cultiver. Ils empêchent
qu'elle ne soit ou trop sauvage ou
trop farouche. Une vertu hérif-
fée est pruderie & rend maussade.
Une vertu aimable & enjouée fait
l'agrément de la société. Elle admet les plaisirs, en regle le choix,

& enseigne à les goûter avec prudence. Il n'est alors aucune espece
d'assemblées qui ne puissent devenir utiles ; elles son ordinairement une source abondante de réflexions. Si quelquefois le danger
s'y rencontre ce n'est point dans la
chose même que réside le vice,
c'est dans l'abus que l'on en fait.
Jeunes filles, si vous vous égarez
quelquefois votre erreur ne provient souvent que du peu d'attention que vous prêtez aux avis des
gens sensés, qui ont pour eux l'âge
& l'expérience.

Nous sommes nés tous avec un
esprit d'*indépendance*. L'Ami des
Hommes a dit qu'elle étoit l'*Idole
de la paresse* ; j'oserois dire qu'elle
est aussi fille de l'orgueil, & mere
de l'oisiveté. C'est cet amour de
la liberté qui nous en fait desirer
impatiemment la jouissance. La

fougue de l'âge nous fait regarder nos proches & nos supérieurs comme autant de tyrans. On soupire après le jour fortuné qui doit affranchir d'un joug odieux. L'amour-propre n'écoute qu'avec peine les remontrances. Les conseils sont un ennuyeux sermon, & l'Orateur un bavard fatiguant, dont les propos assomment. Sans un certain respect qui retient encore, on oseroit lui imposer silence. Mais que l'on se promet bien de se dédommager de cette gêne cruelle, lorsqu'on aura pris l'essor ! En attendant ce moment heureux, que l'on se peint avec tous les charmes de l'illusion, on rêve, on s'agite, on réfléchit sur les moyens de tromper un Argus. On combine toutes les ruses qui peuvent être mises en usage, on se choisit une

bonne amie, & celle qui ne dépend que d'une mere aveugle, ou
d'un tuteur imbécille, eſt toujours
la préférée. On vante la liberté
dont elle jouit, on envie ſon bonheur, on murmure d'être *tenue de
trop court*, on peint ſes parens
ſous les plus noires couleurs : *ah!
ſi j'étois ma maîtreſſe*, s'écrie-t-
on. . . . Que feriez-vous, jeuneſſe
trop crédule ! Vous vous perdriez.
Qu'il me ſoit permis de vous citer
un exemple propre à vous convaincre, que la liberté eſt un bien
dangereux, pour quiconque ne
ſait pas le mettre en valeur.

„ A tous les avantages de la
„ naiſſance, Corine joignoit
„ ceux de la beauté. Seul rejetton
„ d'une famille illuſtre, elle ſe
„ trouvoit l'unique héritiere d'une
„ fortune capable de ſatisfaire des

,, defirs ambitieux. Ses parens
,, l'adoroient, elle étoit leur
,, idole & l'objet de leurs efpé-
,, rances. C'étoit un enfant ché-
,, ri, dont la fanté méritoit les
,, plus grands ménagemens. On
,, prévenoit fes defirs ; on flattoit
,, fes caprices, on vantoit fes
,, charmes. On lui répétoit fans
,, ceffe qu'elle étoit faite pour
,, plaire. On craignoit de lui
,, caufer le moindre chagrin, Le
,, chant & la danfe furent les
,, feuls talens qui lui plurent, &
,, Corine les cultiva, perfuadée
,, que fes graces en recevroient
,, un nouveau luftre. Une gou-
,, vernante qui auroit ofé la con-
,, tredire, étoit impitoyablement
,, chaffée. Dès l'enfance, elle ne
,, connut d'autres loix que fes
,, volontés. Dans cet âge aima-

,, ble, où la beauté commence
,, à fe faire admirer, fes parens
,, fe virent eux-mêmes obligés
,, de fe prêter à fes goûts capri-
,, cieux. C'étoit un tyran defpoti-
,, que, auquel il falloit obéir, &
,, qui n'avoit plus d'autre guide
,, que fes fantaifies. Si quelque-
,, fois on fe hazardoit à lui repré-
,, fenter le tort qu'elle fe faifoit
,, dans le monde par une pareille
,, conduite, un *je le veux* pronon-
,, cé d'un ton fec & abfolu, étoit
,, toute fa réponfe. Ses manieres
,, hautaines, fes étourderies fai-
,, foient gémir les amis de la mai-
,, fon ; mais malheur à quiconque
,, auroit ofé la blâmer ouverte-
,, ment. La haine de Corine eût
,, entraîné celle de fes parens. ''

Une fille livrée à elle même,
d'un caractere impérieux, & qui

n'eſt retenue par aucun frein, traite bientôt de chimere tout ce qu'on
lui dit de la vertu. Ce n'eſt à ſes
yeux qu'un être morale, qui pourroit peut-être exiſter, mais qu'elle
ſuppoſe encore dans la région des
idées.

,, Le goût de Corine pour leſ
,, plaiſirs vifs, attira bientôt au-
,, près d'elle la plus brillante jeu-
,, neſſe des environs. Chacun
,, s'empreſſoit à lui plaire, ſa beau-
,, té faiſoit excuſer ſes caprices.
,, En la voyant, on oublioit ſes
,, défauts. Tous ceux qui parta-
,, geoient ſes amuſemens l'ado-
,, roient; leur hommage flattoit
,, ſon orgueil; cette foule d'amans
,, careſſoit ſa vanité. Juſques-là
,, elle ne ſavoit qu'être vaine. ''
,, Parvenue à cet âge où les paſ-
,, ſions exercent leur empire avec

,, un pouvoir abfolu, Corine fans
,, principes ne défendit point fon
,, cœur ; le premier qui l'attaqua
,, en fut le maître : mais en fe ren-
,, dant, Corine céda plutôt au
,, penchant de la nature qu'à l'a-
,, mour ; cependant ce Dieu, tou-
,, jours aveugle dans fon choix,
,, eut fon tour. Un Pâtre pa-
,, rut aux yeux de Corine un nou-
,, vel Adonis. L'Amour fait em-
,, bellir l'objet le plus difforme.
,, Alors les bals, les concerts dont
,, elle faifoit fes délices, lui paru-
,, rent ennuyeux. Elle voulut être
,, Bergere & conduire un troupeau.
,, Ses parens, accoutumés à lui o-
,, béir, n'oferent blâmer ce capri-
,, ce : fes amans applaudirent à
,, cette idée ; & tout le voifinage
,, devint Berger; le Pâtre fut choi-
,, fi pour lui fervir de guide, &

,, Corine se crut au comble du bon-
,, heur. Mais cette foule importu-
,, ne l'embarrassoit. Elle n'aspiroit
,, qu'au plaisir de pouvoir se livrer
,, sans réserve à toute sa tendresse.
,, Son cher Pâtre l'occupoit toute
,, entiere, elle le pressoit de con-
,, duire son troupeau dans des
,, lieux écartés ; Corine, pour la
,, premiere fois, ne cherchoit qu'à
,, se dérober aux regards de ses
,, admirateurs. Les rochers les
,, plus escarpés, les déserts les
,, plus affreux lui paroissoient pré-
,, férables aux Palais des Rois.
,, Aveuglée par sa passion, Corine
,, s'oublioit, le Pâtre fut heureux,
,, elle crut l'être elle-même, mais
,, l'infortunée devint la victime de
,, sa foiblesse. Traînant par-tout
,, le fardeau du déshonneur, ac-
,, cablée du poids de son infamie,

„ elle n'ose plus paroître devant

„ ses parens , & fuit avec son A-

„ mant. A peine est-elle éloignée

„ de sa famille , qu'elle languit

„ dans les horreurs de la misere.

„ Sans secours , sans appui , pri-

„ vée du nécessaire, *Corine* meurt

„ en donnant le jour au triste fruit

„ de son opprobre. "

Qui de vous , jeunesse aimable ,
n'est point effrayée de l'exemple
de Corine ? Oseriez-vous desirer
de jouir de la liberté à ce prix ?

CHAPITRE III.

On doit tout à ses Parens.

DEs Hommes affez téméraires pour fe décorer du titre impofant d'*Amis de la Sageffe*, ont eu la hardieffe d'avancer qu'une fille ne devoit à fes parens aucun égards, nuls refpects, & bien moins de reconnoiffance. Ces citoyens ingrats ont eu l'audace d'ajouter qu'une mere ne devoit à fes enfans ni foins, ni tendreffe. Ils ont traité l'amour maternel de vertu chimérique, & le devoir filial de préjugé. Peut-on faire un pareil abus de l'efprit? Peut-on foutenir deux propofitions qui fe contredifent fi formellement! Pour anéantir ces

odieux fophifmes, il fuffit de s'arrêter feulement à ce que dicté là
reconnoiffance, fans égard même
pour ce que la nature nous enfei-
gne.

Si les parens & les enfans ne fe
doivent rien refpectivement, fi
l'on eft perfuadé de ce faux principe, de quel œil doit-on regarder
les attentions qu'apporte une mere, pour former le cœur de fa fille : Elle ne lui doit rien : cependant elle veille fur fon éducation,
lui veut des mœurs, & met tout
en ufage pour la rendre vertueufe.
Afin de la faire paroître avec
éclat dans le monde, elle cultive
fes talens : à ceux de l'efprit, elle
joint encore ceux de pur agrément : fouvent même une mere fe
prive du néceffaire, pour procurer à fa fille un établiffement avan-

tageux. Si la fanté de cet enfant eft altérée, fi quelque maladie menace fes jours précieux, fon amour la fait voler auprès du lit de cette fille chérie. Sa tendre inquiétude ne lui permet de s'en rapporter qu'à elle feule des foins qu'exige un état auffi allarmant. Jeunes filles, c'eft à votre cœur que j'en appelle; d'après ce tableau, prononcez fur le fyftême de ces nouveaux Philofophes.

Un penchant naturel nous fait chérir une mere vertueufe, dont l'exemple entraîne au bien. C'eft un tréfor chéri, nous en faifons l'objet de tous nos foins & de notre tendre follicitude. L'idée du jour cruel qui doit nous l'enlever, nous fait trembler, nous ne pouvons y penfer fans un certain friffonnement ; nous donnerions volontiers

nos jours pour prolonger les fiens.
Lorfque la Parque cruelle tranche
la trame d'une fi belle vie, nous
tombons dans un engourdiffement
univerfel: il femble qu'une portion
de nous-même foit rentrée dans le
néant. Pour trop fentir, notre cœur
ne fent plus rien. Le temps enfin
femble alléger le poids de notre
douleur ; mais nous nous rappel-
lons à chaque inftant les bienfaits,
la tendreffe d'un objet dont nous
chériffons la mémoire. Nous avons
toujours préfens ces momens heureux où fon cœur s'épanchoit dans
le nôtre. Nous nous peignons fon
image avec une une efpece de volupté, qui nous plonge dans une
douce langueur. Philofophes, qui
prétendez vous ériger en Oracles,
daignez me dire, fi ces fentimens

font l'ouvrage du préjugé ou de la nature ?

Toutes les meres n'éprouvent peut-être pas les mêmes sentimens. Une mere qui ne fuit d'autres loix que ses caprices & son humeur, qui fait gémir un enfant fous le poids de l'autorité, qui n'écouta jamais la voix de la nature, dont le cœur n'est point flatté des careffes innocentes d'un enfant, qui, par ses graces ingénues, attendriroient le cœur le plus féroce : une femme enfin qui facrifie tout à ses plaifirs, qui ne fe fouvient d'être mere que pour rendre fes enfans les victimes de fa mauvaife humeur ; une pareille marâtre est fans doute un monftre. En fuivant les principes des fages modernes, une fille ne lui doit rien ; ou s'ils lui permettent un fentiment c'eſt tout au plus celui de la haine.

Que je ſuis éloigné d'adopter cette façon de penſer. Cette mere toute injuſte, toute barbare qu'elle eſt, a droit à nos égards ; je dirai plus, à notre reconnoiſſance. Malgré ſes travers, ſes ridicules, ſes vices même, c'eſt elle qui nous donne l'éducation, le vêtement, ou la nourriture. Or, ſi cette femme ne nous doit rien, ſes bienfaits doivent néceſſairement augmenter notre gratitúde. Plus le bienfait eſt gratuit, plus notre reconnoiſſance doit être étendue.

Que ces ſages euſſent enſeigné que les devoirs des parens embraſſoient plus d'objets que ceux des enfans; qu'ils euſſent ajoûté qu'une mere devoit à ſa fille des exemples capables de la former à la vertu, ce principe n'eût pas, fans doute, fouffert la moindre contradiction. Mais n'eft-ce pas le comble de la témérité, que d'admettre qu'une fille ne contracte envers fa mere aucune obligation pour tous les biens qu'elle en reçoit, parce que ,, c'eft une tâche, ,, que la maternité lui donne à ,, remplir, & que cette mere fe ,, trouve affez dédommagée de ,, fes foins par le plaifir intérieur ,, d'avoir fatisfait à fon devoir. "

Il eft de celui de tout citoyen de chercher à fe rendre utile à l'État. Que diroient ces Apologiftes d'une fauffe Philofophie, fi, après avoir procuré un avantage réel au Royaume, pour toute récompenfe, le Prince fe contentoit de leur adreffer ces mots: ,, Vous ,, avez fait votre devoir; vous

„ êtes aſſez payés? " J'oſe aſſurer
qu'il n'en eſt aucun d'entr'eux qui
n'éclatât en murmures indécens ,
& qui ne fît l'impoſſible pour procurer à vos voiſins une pareille utilité , peut-être même plutôt par
des vues d'intérêts , que par aucune idée de vengeance.

Si l'aſpect d'un vieillard véné-
rable ſemble en quelque ſorte exiger les témoignages de notre reſpect : ſi nous avons des égards
pour nos égaux : ſi nous gardons
des ménagemens avec ceux qui
peuvent être utiles à notre fortune : ſi nous excuſons les défauts
d'un ami , ſi , pour entretenir
l'harmonie néceſſaire à la ſociété,
nous ſavons nous plier aux humeurs des différens caracteres du
cercle qui la compoſe, pourquoi
ne tiendrons-nous pas la même

conduite envers ceux à qui nous
tenons par le lien du fang? Nos
obligations font bien plus étroi-
tes. Nous leur devons notre exif-
tence. Si de tous les biens ce n'eft
point celui qui a plus de droit à
notre reconnoiffance, du moins
ne pouvons-nous pas nous diffimuler que cette même naiffance
dont ils font les auteurs, nous a
mérité quelquefois l'eftime publique. Combien en eft-il qui vi-
vroient ignorés & confondus dans
la foule commune, fi le mérite
de leurs proches ne les tiroit de
l'obfcurité?

,, Julie rougit d'être née d'une
,, mere qui peut citer des vertus,
,, mais qui n'a point d'ayeux illuf-
,, tres. L'ambition de *Julie* eft fans
,, bornes ; ce n'eft point la fortune
,, qui la tente, elle n'eft altérée

„ que de la foif des honneurs.
„ Dès l'âge le plus tendre, fon
„ cœur treffailloit à la vue d'un
„ courtifan décoré d'un titre ,
„ d'une dignité, ou d'un grand or-
„ dre. Dans cés jeux puériles, où
„ les enfans, livrés à eux-mêmes,
„ laiffent agir fans contrainte leurs
„ goûts & leurs inclinations, il
„ n'en étoit aucun qui pût plaire à
„ *Julie*, s'il ne lui repréfentoit l'i-
„ mage d'une Cour. Son jeune or-
„ gueil étoit flatté d'y occuper le
„ premier rang , qu'elle avoit tou-
„ jours l'art de s'approprier. Pour
„ l'obtenir plus aifément , elle ne
„ choififfoit que ceux qui par état
„ ne pouvoient le lui difputer.
„ Lorfque le hazard la faifoit ren-
„ contrer avec des enfans d'une
„ condition fupérieure à la fienne,
„ elle traitoit avec eux d'égale à

,, égale ; on eût dit alors qu'elle
,, étoit dans fa fphère. Les titres,
,, que les enfans fe produiguent
,, dans leurs jeux, careffoient fa
,, vanité. *Julie* ne voyoit rien au
,, deffus du plaifir enchanteur
,, d'être *Comteffe* ou *Marquife*.
,, Cette illufion, quoique momen-
,, tanée, avoit pour elle les char-
,, mes de la réalité. *Julie* n'étoit
,, pas née pour pouvoir y préten-
,; dre. A quinze ans elle fentit
,, cette dure vérité. La raifon au-
,, roit dû la guérir d'une auffi
,, puérile prétention. Mais ce fen-
,, timent avoit jetté de trop pro-
,, fondes racines. Sa mere, trop
,, indulgente, loin de combattre
,, un pareil ridicule, s'en étoit
,, fait elle-même un amufement
,, dans l'efpérance que la ré-
,, flexion l'en corrigeroit. Trom-

„ pée dans fon attente, elle vou-
„ lut lui faire fentir combien ces
„ prétentions étoient extravagan-
„ tes, & faire valoir fes droits
„ pour réprimer cette hauteur
„ déplacée. Il n'étoit plus temps,
„ le mal étoit devenu incurable.
„ *Julie*, loin d'écouter les fages
„ repréfentations de fa mere, lui
„ reprochoit à chaque inftant fa
„ baffe origine, affectoit en pu-
„ blic de ne lui témoigner ni é-
„ gards, ni refpects, lui faifoit
„ un crime du jour qu'elle lui
„ avoit donné, & tiroit vanité
„ de fon impudençe. *Julie* auroit
„ peut-être eu plus de refpect pour
„ fa mere, & l'auroit moins mé-
„ prifée, fi quelqu'un eut ofé lui
„ apprendre que cette conduite
„ lui attiroit l'indignation publi-
„ que, & qu'on la citoit par-tout
„ comme une fille dénaturée.

CHAPITRE IV.

Origine de la méfintelligence des Parens.

ON s'étonne prefque toujours des divifions qui regnent entre les familles ; on en recherche la plupart du temps la caufe dans une fource étrangere, lorfqu'avec la moindre attention , il feroit aifé de s'appercevoir que cette défunion honteufe tire fouvent fon origine des tracafferies de l'enfance.

L'homme apporte en naiffant le defir de commander à fes femblables. Son orgueil ne veut que des fujets & n'admet point d'égaux. Si le hazard favorife cet ef-

D

prit de domination, il ne songe alors qu'à le faire valoir.

Un ancien usage a établi un droit d'aînesse. Le privilege de *premier-né* donne une sorte d'autorité sur des freres ; on veut jouir de cet avantage, & l'on établit toujours ce droit avec une hauteur révoltante.

Si l'homme est né avec l'ambition de dominer, il se persuade aisément qu'il est aussi né libre. C'est ce sentiment intérieur qui persuade un *Cadet*, que ses droits sont les mêmes que ceux de son aîné. Convaincu de ce principe, il veut être son égal & rougit de lui céder. Mais en établissant ces droits avec trop de prétentions de part & d'autre, on fait ordinairement évanouir la tendresse fraternelle ; & le sang qui unit des proches,

eft un lien bien foib le , lorfque
l'amitié n'en refferre plus les
nœuds. C'eft de ces difcuffions
que naiffent la jaloufie & l'animofité , qui , croiffant avec l'âge ,
produifent fouvent de triftes effets.
Une mere regarde ces objets dans
leurs commencemens comme des
bagatelles , indignes de fixer fon
attention, & néglige d'y remédier.
Cependant ces *riens* , ces *miferes*,
qui ont été les fujets des difputes
frivoles de l'enfance , dans un âge
plus avancé , font naître une antipathie , qui donne fouvent des
fcenes au Public. Accoutumés à
fe contredire , rarement perd-on
cette habitude , & c'eft pour l'ordinaire dans les difcuffions d'intérêts qu'on en fáit le plus d'ufage.
Dès lors on fe méconnoît , on fe
brouille, on s'évite & l'on finit
par fe détefter. D ij

Un parent, dont nous avons encouru la haine, est toujours un ennemi dangereux. Il saisira toutes les occasions de se venger de nos torts ; vrais ou faux, il n'épargnera rien pour nous nuire & ne s'occupera que des moyens propres à renverser nos projets. C'est un ennemi implacable , qui ne pardonne jamais. Si nous cherchons à réparer nos torts & qu'il se prête à la réconciliation , ce raccommodement est toujours nécessité par des raisons d'intérêts. Lorsqu'elles ne subsistent plus , l'inimitié renaît avec plus de force, & souvent les suites en sont funestes.

Il n'est pire haine qu'entre parens ; est un vieux proverbe, dont malheureusement on ne peut nier la vérité. Nous en avons tous les jours fous les yeux des exemples trop convaincans pour nous refufer à l'évidence. Mais dans ce nombre de parens qui fe déteftent, combien n'en eft-il pas qui feroient fort embarraffés de rendre compte des motifs de leur inimitié? Et combien en eft-il auffi, dont la haine n'a d'autres fondemens que des fujets puériles?

J'ai connu deux fœurs qui fe haïffoient mortellement. Chaque jour je m'étonnois de l'âpreté avec laquelle elles s'acharnoient mutuellement à flétrir leur réputation. Dans tous les cercles qu'elles fréquentoient, fans égard pour le même fang qui les animoit, on les voyoit attaquer leurs mœurs. Elles affectoient de fe peindre réciproquement fous les traits les plus hideux, s'obftinoient à met-

tre au jour tous leurs travers,
tous leurs ridicules. Elles ne rou-
giſſoient même point de ſe prêter les vices les plus honteux , &
les plus baſſes inclinations, qu'elles s'imputoient avec aigreur.
Une haine ſi obſtinée me paroiſ-
ſoit d'autant moins naturelle, que
l'une & l'autre étoient bienfai-
ſantes , généreuſes , d'une ſociété
douce, d'un caractere enjoué , &
d'un commerce facile. Ces bonnes qualités avoient engagé pluſieurs amis à s'entremettre pour
les réunir. Mais à peine en tou-
choient-ils le moindre mot , qu'elles paroiſſoient poſſédées du de-
mon de la fureur , & chacune de
ſon côté prodiguoit à ſa ſœur les
épithetes les plus odieuſes. Je vou-
lus pénétrer la cauſe de cet achar-
nement, elles-mêmes auroient eu

de la peine à m'en rendre raifon.
Enfin, après quelques recherches,
je trouvai une femme qui leur
avoit été attachée, & qui fatisfît
ma curiofité.

,, Cydalise & Lucile font
,, gemelles, me dit cette *exgou-*
,, *vernante*, & par là devroient
,, être plus étroitement unies.
,, Cette haine qui fait l'étonne-
,, ment de tous leurs amis, qui
,, femble même fi fort con-
,, tredire leur façon de penfer, &
,, leur caractere n'a d'autre fon-
,, dement qu'une animofité pué-
,, rile, dont l'âge & la raifon leur
,, auroit du faire oublier le fujet.
,, La plupart des parens ont
,, des manies de prédilection. Un
,, enfant fait les délices du pere,
,, un autre ceux de la mere, &
,, ce dernier eft ordinairement le

,, plus careffé. *Cydalife* & *Lucile*
,, appartenoient à des gens enti-
,, chés de ce ridicule. L'une étoit
,, le bel *Amour* de fa *Maman* ;
,, l'autre le *Bijou* du *Papa*. La fa-
,, mille divifée par ces fentimens
,, formoit deux factions oppo-
,, fées. *Lucile* cependant étoit
,, en quelque forte la moins heu-
,, reufe. Son père, obligé de rem-
,, plir une charge à la Cour*, laif-
,, foit par fon abfence fa bien-
,, aimée en proie aux caprices de
,, fes perfécuteurs ; mais fon re-
,, tour dédommageoit avec ufure
,, *Lucile* des brufqueries conti-
,, nuelles qu'elle effuyoit. Il l'ac-
,, cabloit de préfens, prévenoit
,, fes defirs , & ne lui laiffoit ja-
,, mais le temps de fouhaiter.
,, Tous les momens qu'il avoit
,, de libres , étoient employés à

,, procurer mille agrémens à cet-
,, te fille chérie. Ce pere idolâ-
,, tre ne confultoit que les goûts
,, de *Lucile*, & le genre de plai-
,, fir qu'elle choififfoit étoit tou-
,, jours le préféré. *Cydalife* alors
,, fe plaignoit de fon fort. Ce-
,, pendant comme celui de fa
,, fœur n'étoit que momentané,
,, les embraffemens de la *maman*
,, auroient du la confoler de la
,, froide indifférence de fon pere.
,, Mais dévorée par une jaloufie
,, déplacée ; elle ne voyoit que
,, d'un œil d'envie tout ce que
,, l'on faifoit pour fa fœur. Ses
,, proches, dont elle étoit l'idole,
,, ne lui procuroient jamais le
,, moindre agrément au dehors ;
,, fes plaifirs étoient concentrés,
,, toujours uniformes & jamais
,, variés ; elle n'avoit encore

D v

„ reçu d'eux aucuns préfens. Sa
„ fœur en *regorgeoit*, & le peu
„ de temps que fon pere déroboit
„ à fes occupations, étoit em-
„ ployé à lui procurer tous les
„ plaifirs de fon âge.« *Eh quoi !*
me difoit-elle quelquefois, avec
un emportement qui exprimoit
toute fa jaloufie, *je fuis l'objet*
des complaifances de ma famille.
A la réferve de mon pere, & de
quelques vieux oncles, tous mes
parens m'accablent de careffes. Je
peut même me regarder comme le
feul objet qui les occupe ; cepen-
dant ils ne me font jamais la
moindre galanterie ; fi j'ai quel-
que bijou, c'eft d'une fœur que je
hais que j'en fuis redevable : le
bal, la promenade, les fpectacles
font encore pour moi des pays in-
connus, lorfque ma fœur en eft

raſſaſiée. Tous ſes jours ſont mar-
qués par des nouveaux plaiſirs.
Je l'en vois ſi fatiguée quelquefois,
qu'elle eſt obligée de demander un
moment de répit. Ces momens
n'en ſont pas moins agréables pour
elle ; mon pere, dans la crainte
qu'elle ne s'ennuye, lui amene des
perſonnes de ſon âge, & par cette
ſociété lui procure de nouveaux
amuſemens plus tranquilles, &
qui n'en ſont pas moins doux.
Pendant que ma ſœur eſt livrée
toute entiere à ſes plaiſirs, je ſuis
à m'ennuyer tête à tête chez une
bonne maman douairiere qui me
régale en touſſant de l'hiſtoire du
Petit Pouſſet, des Revenans qui
habitent ſon gotique château de
Marmure, de loups garoux, &
d'autres choſes ſemblables : ou
triſtement enfermée dans l'appar-

tement de ma mere , je fuis obligée
pour tout délaſſement , de prêter
une oreille attentive aux hiſtoires
ſcandaleuſes de la ville , & aux
propos mielleux d'un Orateur en
vogue, qui fait modeſtement remarquer les plus beaux paſſages d'un
discours , qu'il doit prononcer
dans peu. Quelquefois , à la vérité,
je fuis diſtraite de mon ennui ,
mais ce n'eſt que pour avoir la douleur d'entendre éclater la joie des
amies de ma ſœur , ſans qu'il me
ſoit permis d'aller la partager.
Oui , ma bonne , quoique je ſois
l'idole que ma famille encenſe , je
préférerois leur haine d cette amitié importune , ſi je jouiſſois du
fort de Lucile ; mais je la punirai
de cette excès de bonheur , auſſitôt que mon pere ſera parti.

„ J'avois beau lui repréſenter ,

„ ajouta cette *bonne femme*, com-
„ bien elle étoit injufte d'envier
„ à fa fœur quelques momens
„ agréables qu'elle payoit enfui-
„ te bien cherement, mes re-
„ montrances ne pouvoient rien
„ fur cet efprit jaloux. D'un au-
„ tre côté, *Lucile* fe plaignoit
„ amerement du peu d'amitié de
„ fes autres parens, de la dureté
„ & du ton impérieux de fa fœur.
„ La tendreffe de fa mere lui
„ paroiffoit d'un fi grand prix,
„ qu'elle auroit facrifié tous fes
„ plaifirs, à celui de jouir un
„ feul inftant de fes careffes. Cet-
„ te jaloufie réciproque occa-
„ fionnoit de vives querelles en-
„ tre les deux fœurs; fouvent on
„ donnoit le tort à celle qui l'a-
„ voit le moins; tout dépendoit
„ des circonftances. Ce fut ainfi

„ qu'elles arriverent à un âge où
„ il fallut penfer à les établir.
„ Leurs parens, mettant toutes
„ prédilections à part, s'accor-
„ derent à chercher pour elles
„ des partis, où la fortune, le
„ rang & la naiffance fuffent
„ dans une parfaite égalité. Le
„ hazard favorifa leur intention,
„ & elles fe trouverent égale-
„ ment avantagées. On crut alors
„ que la caufe de cette jaloufe
„ antipathie qui les divifoit,
„ étant ceffée, elles alloient vi-
„ vre dans une étroite union.
„ Pour en refferrer les nœuds,
„ leurs parens leur laifferent une
„ fortune égale. Malgré ces foins,
„ rien ne put jamais rapprocher
„ ces deux fœurs, & il n'y a
„ point à efpérer qu'elles revien-
„ nent un jour à des fentimens
„ plus doux. ‟

Jeuneffe aimable, combien en
eft-il parmi vous, qui fe haïffent
pour de moindres fujets. Un *Jou-*
jou que votre fœur vous difpute,
une préférence qui lui eft don-
née, fouvent par un pur hazard,
un mot qui lui échappe. Toutes
ces chofes vous affectent. Ce font
des crimes irrémiffibles, des ou-
trages fanglans que vous ne par-
donnez pas. Mais avez-vous quelquefois pris garde que vous rou-
giriez d'avoir pour elles les complaifances, les attentions que vous
prodiguez à une *bonne amie* ; que
c'eft toujours une étrangere qui
obtient votre confiance, que ce
n'eft jamais dans le fein de votre
fœur que vous dépofez vos chagrins & vos fecrets ; que vous
prenez prefque toujours plaifir à
contrarier fon fentiment ; que vous

exigez tout de votre côté , fans vouloir rien céder. Les témoignages de tendreffe que des parens fages vous prodiguent également, vous paroiffent une injuftice ; c'eft, felon vous , une lézion faite à vos droits. Si quelques légeres fautes attirent un reproche à votre fœur , le défagrément qu'elle effuye vous caufe une joie maligne , fouvent même loin de chercher à l'excufer , vous aggravez fon crime , & vous en trouvez la punition trop douce. Ceffez , filles charmantes , de vous livrer à ces travers odieux. Soyez convaincues qu'il n'eft point de fatisfaction égale à celle que goûte une famille animée d'un même efptit, où l'on ne refpire que le bonheur commun , & où l'on rapporte tout à cet objet ,

comme au centre des vrais plaifirs. On méprife des fœurs que
la haine divife ; on recherche, au
contraire avec empreffement, celles qui font unies par l'amitié la
plus étroite. On diroit alors qu'elles n'ont qu'une ame , qu'un
cœur , qu'une feule volonté.
Exemptes de jaloufie, elles n'ont
point à craindre d'être jamais dé-
funies par une baffe envie, &
encore moins par un vil intérêt.
Leur union fait leur bonheur, ce-
lüi de leurs parens & de leurs
amis ; on chérit leur fociété , on
les aime , on les admire , on les
refpecte, & elles acquierent des
droits certains à l'eftime publique.

CHAPITRE V.

Des égards dûs aux Domestiques.

SANS rechercher combien la subordination est nécessaire à l'harmonie de la société , je m'arrêterai simplement à dire que les conditions distinctives étant admises , je dois partir de ce principe.

Dans tous les états possibles , l'homme est obligé d'obéir à une puissance supérieure. Cette dépendance est plus ou moins sensible. Le Noble , qui commande à un certain nombre de vassaux , est subordonné à un grand Seigneur , qui lui-même est soumis à un plus puissant. C'est une chaî-

ne dont les anneaux s'étendent
jufqu'au Souverain, qui ne voit
au deffus de lui que Dieu & fon
devoir.

Si cette gradation nous foumet
les uns aux autres, nous devons,
autant qu'il eft en nous, ne jamais
faire fentir notre fupériorité à celui que le fort a rendu notre in-
férieur.

Celui qui, pour fe mettre à
l'abri de la mifere où le réduit
une révolution de fortune, fe voit
forcé de nous louer fes fervices,
mérite tous nos égards à titre de
malheureux. Le mercénaire qui
s'engage à ne nous être utile que
par des vues d'intérêt, qui, pour un
profit médiocre, ne rougit point
de prendre auprès de nous les plus
vils emplois, qui fe foumet à exé-
cuter nos volontés, fouvent diri-

gées par le caprice, eſt un être
dont les droits font auſſi étendus
que les nôtres ; il eſt notre ſem-
blable, & formé du même limon.
C'eſt le hazard qui l'a placé à un
degré plus bas, & ce degré n'eſt
point un crime dont nous devons
le punir.

La fortune ne nous a élevés au
deſſus de quelques hommes, que
pour adoucir ce qu'il peut y avoir
d'humiliant dans leur état.

Un Maître vain & ſuperbe, qui,
fans égard pour les droits de l'humanité, accable ſes domeſtiques
du fardeau de la ſervitude, eſt un
barbare, né pour le malheur de ſes
égaux ; c'eſt un être mépriſable
que ſon orgueil devroit faire re-
jetter dans la claſſe même des
brutes.

Un Maître doux & humain,

qui compâtit au fort infortuné de
fes domeſtiques & n'eſt occupé
que des foins d'adoucir leur mifere, fenfible à leur peine, cherche
toujours à alléger le poids de la
condition abjecte où le deſtin les
a placés. Il ne fe reſſouvient qu'il
eſt leur maître, que pour leur
faire éprouver fes bienfaits. Il les
regarde comme fes enfans, &
par là eſt toujours fûr de captiver
leurs cœurs, de fe les attacher,
& de s'en faire des amis fideles,
qu'il trouvera au befoin. Un pareil maître eſt un pere refpectable
que fa famille adore. L'autre, au
contraire, eſt un monſtre qui fait
gémir l'humanité. Accablé des
malédictions de fes gens, il eſt
environné d'ennemis cruels qui
épient fes actions, publient fes
ridicules, fe réjouiſſent de fes

malheurs, regarde avec la plus parfaite indifférence les événemens heureux qui lui arrivent, & en feroient prefque un crime à la fortune.

Il eft un âge où l'on fe croit d'une nature différente de celle du vulgaire. On regarde alors tout ce qui eft au deffous de foi, comme fait pour y être. On s'imagine remplir les vues de la Providence en affectant un ton dur & abfolu. On ne connoît que fes droits, & il ne tombe pas même fous les fens, que cet homme, qui nous fert, puiffe avoir les fiens. A force de voir une mere impérieufe traiter fes domeftiques en efclaves, leur parler avec hauteur, en exiger tout, fans jamais leur rien accorder, infenfiblement l'exemple entraîne, on y cede.

Si cette conduite eſt une injure pour l'humanité, l'excès contraire nous expoſe encore à bien des inconvéniens.

Rarement les gens attachés à notre ſervice, ont-ils aſſez de jugement pour apprécier les égards de leurs Maîtres. Sans éducation, ſans autres principes que ceux de la nature, ils regardent les ſoins & les bienfaits qu'ils reçoivent de nous, comme un tribut auquel ils ont droit & ſouvent exigent au delà. Ces prétentions mal entendues ſont ordinairement le fruit du trop grand aſcendant que nous leur laiſſons prendre.

Tout homme eſt indiſcret, il ne diffère que du plus au moins : il lui faut un confident, à quelque prix que ce ſoit. Un domeſtique nous paroît propre à cet emploi,

& c'eſt ordinairement dans ſon
ſein, que nous répandons nos ſecrets les plus intimes. En lui faiſant part des événemens heureux
ou malheureux qui nous arrivent,
nous admirons ſa ſenſibilité : ſi
nous nous entretenons avec lui
des ſujets de plaintes que nous
avons contre un parent, ou un
ami, nous ſommes flattés de lui
voir partager notre reſſentiment.
Alors cet homme, que preſque
toujours l'intérêt conduit, en ap-
plaudiſſant à nos goûts & à nos
paſſions, ſe rend maître de tous
leurs mouvemens, & nous gou-
verne à ſon gré. Bientôt ne voyant
plus que par ſes yeux, nous n'o-
ſons admettre perſonne dans notre ſociété, s'il n'a le bonheur de
plaire à ce favori. Sa volonté eſt
notre bouſſole ; elle dirige toutes

tes nos actions , & régle nos démarches. Lorſqu'enfin las de ce
joug, nous voulons nous en affranchir , nous ſommes retenus
par la crainte de voir nos ſecrets
divulgués , ou accoutumés à cette
dépendance , (car l'homme ſe
fait une égale habitude des maux
& des biens ,) nous n'oſons ten-
ter de rompre nos fers. J'oſerois
dire que c'eſt preſque toujours à
cette aveugle condeſcendance
pour des domeſtiques , que l'on
doit attribuer ces préférences
odieuſes d'un Teſtateur. Des héritiers avides flattent la gouvernante d'un oncle à l'agonie, &
cette femme uſant de ſon autorité , fait nommer Légataire celui qui lui a fait la cour la plus
aſſidue.

C'eſt ainſi qu'en croyant nous

E

rapprocher de la nature, nous nous en éloignons davantage. En admettant que les hommes font égaux, nous détruisons par là même cette égalité.

Il eſt moralement impoſſible à l'homme de conferver l'exact équilibre de ſes actions; cependant ce n'eſt que dans un juſte milieu qu'il peut trouver les moyens fûrs de ne point choquer l'ordre naturel.

Accorder une confiance aveugle à un domeſtique, c'eſt ſouvent ſe donner un maître dangereux. Lui faire ſentir durement combien on lui eſt ſupérieur, c'eſt une eſpece de brutalité. Ces deux excès doivent être évités avec ſoin. Je crois encore mieux prouver, par l'exemple ſuivant, la regle qu'il faut tenir avec eux.

„ Émilie jouit d'une de ces for-
„ tunes faites pour le bonheur du
„ Sage ; trois domeftiques com-
„ pofent tout fon train. Pleine
„ de droiture, d'honneur & d'hu-
„ manité, elle a pour eux la ten-
„ dre amitié d'une mere. Elle ne
„ veut jamais qu'ils foient fati-
„ gués par un travail forcé. Leur
„ fanté lui eft chere ; s'ils tom-
„ bent malades, ils font foignés
„ avec les mêmes attentions qu'el-
„ le pourroit exiger. Elle leur
„ accorde une honnête liberté,
„ mais elle ne veut point qu'ils
„ en abufent. Lorfqu'ils man-
„ quent à leur devoir, elle les
„ reprend avec douceur, fon ton
„ n'a rien de *brufque* ; on diroit
„ que c'eft l'amitié qui dicte des
„ confeils. *Emilie*, maîtreffe de
„ fes fecrets, ne les communique
„ point à fes domeftiques : par là

E ij

,, elle a fu s'en faire refpecter, &
,, leur infpirer la memê confidé-
,, ration pour fes pareus & fes
,, amis. "

C'eft principalement devant les
gens qui nous approchent de plus
près, que nous devons nous obferver avec plus de foin. Leur faire
appercevoir nos foibleffes, c'eft
nous montrer à découvert devant
un ennemi qui cherche à nous attaquer avec avantage. Pour ménager l'indulgence d'un domeftique,
nous fommes fouvent contraints
de fermer les yeux fur fes défauts.
Nous n'ofons les reprendre, dans
la crainte de voir nos ridicules ex-
pofés au grand jour. Si quelquefois nous voulons lui prouver fes
torts, nous nous expofons à des
reproches amers, & à voir cen-
furer notre conduite avec aigreur;

le Public seroit même bientôt inftruit de nos défauts, si ce domeftique n'étoit encore retenu par
quelques vûes d'intérêt, de tous
les motifs les plus puissants sur le
cœur humain. Enfin, si fatigués
de cette gêne, nous hazardons de
nous défaire de ce domestique,
alors n'étant plus arrêté par aucun
frein, il n'écoute que son animo-
sité. L'attachement qu'il paroissoit
avoir pour nous se change en haine ; & augmentant la somme de
nos defauts, il les présente sous
une face déshonorante. On écoute les discours avec avidité, on y
prête l'oreille avec une sorte de
complaisance ; chaque trait paroît
intéressant, on veut approfondir
la vérité de ce récit ; la préven-
tion aide à éclaircir les faits, &
souvent, après avoir balancé d'a-

E iij

joûter foi à ces détails , on trouve
encore qu'il n'a pas tout dit.

,, De toutes les jeunes perſon-
,, nes que j'ai connues , me diſoit
,, *Dorimon*, aucune ne m'a jamais
,, paru plus accomplie que *Méla-*
,, *nide*. A la figure la plus ai-
,, mable, elle joignoit un eſprit
,, vif & pénétrant. Douce, affa-
,, ble, complaiſante , elle étoit
,, née pour le bonheur de ſes amis.
,, Nous la regardions tous com-
,, me un chef-d'œuvre de la na-
,, ture. Je ne lui ai jamais connu
,, d'autre défaut qu'un trop grand
,, foible pour une femme qui la
,, ſervoit ; mais ce défaut paroiſ-
,, ſoit même vertu. Cette femme
,, étoit auprès d'elle depuis l'en-
,, fance , on préſumoit que *Méla-*
,, *nide* lui devoit en partie les qua-
,, lités qui la faiſoient chérir uni-

,, versellement, & personne n'i-
,, gnorant que la reconnoissance
,, avoit des droits certains sur le
,, cœur de cette aimable fille, on
,, attribuoit à la bonté de son ca-
,, ractere ce singulier attache-
,, ment. Il est vrai qu'elle se voyoit
,, quelquefois exposée à des brus-
,, queries désagréables de la part
,, de ce domestique, & qu'elle les
,, souffroit patiemment ; mais,
,, loin de la blâmer de son indul-
,, gence, on la plaignoit, se con-
,, tentant seulement de lui faire
,, sentir qu'une pension pouvoit
,, payer tous les services qu'elle en
,, avoit reçus, & la délivrer do
,, ces incartades. *Mélanide* refu-
,, sa toujours avec opiniâtreté
,, d'acquiescer à ce conseil. Cette
,, résistance paroissoit extraordi-
,, naire ; cependant on ne cher-

,, choit point à en découvrir la

", caufe, & l'on n'auroit pas éten-

,, du plus loin les réflexions, fi

,, le hazard n'eut découvert un

,, fecret qu'il étoit de la plus gran-

,, de importance pour elle de te-

,, nir caché.

,, Il eft dans toutes les fociétés des

,, gens qui fe font une étude par-

,, ticuliere de pénétrer les fecrets

,, perfonnels. Cette curiofité eft

,, fur-tout l'appanage des femmes

,, qui, déja fur le retour, voient

,, avec regret leurs charmes s'éva-

,, nouir ; du nombre des connoif-

,, fances de *Mélanide* étoit une

,, vieille coquette, nommée *Lu-*

,, *cinde*, dont le caractere jaloux

,, entendoit impatiemment l'élo-

,, ge de fon amie. Quoique les at-

,, traits de cette femme fuffent

,, flétris, elle avoit encore des

„ prétentions d'habitude. Accou-
„ tumée autrefois à une foule d'a‑
„ dorateurs qui se disputoient sa
„ conquête, elle voyoit avec dé-
„ pit leur désertion, & la cour
„ de *Mélanide* grossir aux dépens
„ de la sienne. *Lucinde* lui faisoit
„ déja un crime d'être plus jeune
„ & plus aimable qu'elle, mais
„ un amant qu'elle crut se voir en‑
„ levé, détermina les motifs de
„ sa haine. Dès lors elle mit tout
„ en usage, pour se venger de
„ cette prétendue rivale. De-
„ puis long‑temps elle s'étoit
„ apperçue de cet attachement
„ extraordinaire de *Mélanide*
„ pour une de ses femmes, &
„ elle avoit toujours soupçonné
„ qu'il renfermoit quelques mys-
„ teres; elle le crut favorable à
„ son projet de vengeance. Pour

E v

„ en affurer la réuffite , & dans
„ l'efpoir de pénétrer plus fûre-
„ ment fon fecret, elle redoubla
„ d'empreffement auprès de *Mé-*
„ *lanide*, & n'épargna aucun des
„ moyens propres à s'établir dans
„ fon efprit ; mais inutilement·
„ Elle crut alors qu'il lui feroit
„ plus aifé de gagner fa confiden-
„ te. Dès ce moment elle s'atta-
„ cha à flatter fes goûts. Lorf-
„ que par hazard *Mélanide* s'é-
„ chappoit à la reprendre , *Lu-*
„ *cinde* blâmoit la vivacité de fon
„ amîe, & cherchant l'occafion de
„ pouvoir rejoindre ce domefti-
„ que , elle la plaignoit d'être
„ foumife aux caprices d'une jeu-
„ ne étourdie , incapable de ref-
„ fentir tout ce qu'elle lui devoit.
„ Enfin elle réuffit fi bien , qu'elle
„ apprit ce qu'elle brûloit de fa-
„ voir.

,, *Mélanide*, lui dit un jour,
,, cette femme devroit avoir
,, pour moi plus d'égards, elle
,, oublie peut-être que je suis maî-
,, treffe de fon fecret, & que mon
,, indifcrétion peut lui faire perdre
,, l'eftime de fes amis.

,, Ce peu de mots qui donnoit
,, beaucoup à foupçonner à *Lu-*
,, *cinde*, enflammoit de plus en
,, plus fa curiofité. Ayant un jour
,, épié le moment où *Mélanide*
,, étoit fortie, elle fe rendit d'un
,, air empreffé auprès de la gou-
,, vernante. En feignant alors de
,, prendre un vif intérêt à ce qui
,, regardoit *cette femme*, elle lui
,, dit les larmes aux yeux, qu'el-
,, le étoit venue pour lui annon-
,, cer que dans peu, *Mélanide*,
,, fans égards pour fes fervices,
,, devoit la renvoyer; que c'étoit

E vj

„ un projet arrêté ; que cette in-
„ grate diſoit hautement qu'elle
„ étoit laſſe d'avoir un domeſti-
„ que inſolent, qui oſoit cenſurer
„ toutes ſes actions. *Elle a voulu*
„ *me charger de cette commiſſion,*
„ ajoûta Lucinde, *mais l'atta-*
„ *chement que j'ai pour vous , me*
„ *l'a fait refuſer.* Le ton de véri-
„ té que cette femme dangereuſe
„ ſut donner à cette hiſtoire, fit
„ tout l'effet qu'elle s'en étoit pro-
„ miſe. Cette domeſtique furieu-
„ ſe, n'écoutant que ſon dépit,
„ crut qu'elle ne devoit plus rien
„ ménager, & acheva d'éclaircir
„ *Lucinde* ſur des faits juſques là
„ inconnus.

„ Jugez, Madame, dit cette
„ femme à *Lucinde*, parce que
„ je vais vous raconter, ſi j'ai
„ droit de prétendre aux égards
„ de *Mélanide.*

„ La mort des proches de cette
„ jeune perfonne, & l'éloigne-
„ ment de fa famille établie dans
„ une Province fituée à l'extrê-
„ mité du Royaume, la laiffe-
„ rent maîtreffe de fes actions
„ dans un âge où la dépendance
„ eft encore néceffaire. J'avois
„ été attachée à fa mere, & fes
„ parens me deftinerent à rem-
„ plir auprès d'elle les fonctions
„ de gouvernante. La fageffe &
„ la prudence de *Mélanide* ren-
„ doit cet emploi facile. Perfua-
„ dée que la confiance réuffit tou-
„ jours mieux qu'une févere exac-
„ titude, je m'en rapportai à elle-
„ même du foin de veiller fur fon
„ cœur. D'ailleurs, je connoif-
„ fois tous fes amis, & fon choix
„ judicieux me raffuroit contre
„ tous les événemens : je n'en

,, pouvois même prévoir aucuns.

,, Quelle fut ma furprife, lorf-

,, qu'un jour *Mélanide*, fondant

,, en larmes, m'avoua qu'elle n'a-

,, voit pu réfifter aux impreffions

,, de l'amour ! Ah ! ma Bonne ,

,, ajouta-t-elle , je fuis bien pu-

,, nie d'avoir abufé de la liberté

,, que vous m'accordiez. Sans

,, doute , fi je ne vous eus point

,, fait un myftere des fentimens

,, que j'avois infpirés , & que je

,, partageois , je ne ferois pas e x-

,, pofée à voir bientôt mon déf-

,, honneur public. Hélas ! après

,, vous avoir trompé , s'il vous

,, refte encore quelque amitié

,, pour une infortunée , aidez-

,, moi à cacher ma honte. Cha-

,, que mot qu'elle prononçoit ,

,, redoubloit mon étonnement ;

,, cependant revenue de ce pre-

„ mier trouble, je la preſſai de
„ me mettre au fait d'un myſtere
„ que j'avois peine à compren-
„ dre. Enfin, que vous dirai-je ?
„ *Mélanide* m'apprit qu'elle avoit
„ rencontré dans la maiſon d'une
„ de ſes amies un jeune Cavalier
„ qui lui avoit déclaré ſa paſ-
„ ſion , qu'elle l'avoit impru-
„ demment écouté ; que , plus
„ imprudente encore , elle lui
„ avoit laiſſé voir toute ſa ten-
„ dreſſe , & que ſon vainqueur
„ avoit ſu mettre à profit un mo-
„ ment de foibleſſe.

„ Après cet aveu , je vis bien
„ que les reproches étoient hors
„ de ſaiſon , & qu'il falloit cher-
„ cher à parer aux événemens.
„ Pour mieux cacher les ſuites
„ de ſa foibleſſe , je publiai que
„ ſes parens l'appelloient en Pro-

,, vince, & que, ne pouvant ré-
,, sister à leur empressement, elle
,, partiroit dans peu ; enfin je pris
,, des précautions assez pruden-
,, tes pour délivrer *Mélanide* de
,, toute inquiétude. Depuis j'ai
,, gardé un si profond silence sur
,, tout ce qui s'étoit passé, que
,, personne n'en a jamais eu le
,, moindre soupçon. Après cela,
,, n'est-ce point le comble de l'in-
,, gratitude de vouloir chasser
,, honteusement quelqu'un qui
,, nous a donné d'aussi fortes
,, preuves de son attachement.

,, *Lucinde*, instruite de ce mys-
,, tere, ne tarda pas à le publier.
,, D'abord les amis de *Mélanide*
,, firent peu d'attention à ses dis-
,, cours. On connoissoit la jalou-
,, sie de *Lucinde*, personne n'i-
,, gnoroit sa méchanceté ; cepen-

,, dant on ne put refuſer d'ajouter
,, foi à ſon récit, en la voyant en-
,, trer dans des détails qui rap-
,, prochoient toutes les circonſ-
,, tances. *Mélanide* fut bientôt
,, informée que ſon hiſtoire étoit
,, devenue publique, & la nou-
,, velle du jour. Sa honte fut à
,, peine révélée, qu'elle ſe vit
,, abandonnée de preſque toutes
,, ſes connoiſſances, & en proie
,, aux ſarcaſmes des prudes. Pour
,, ſe ſouſtraire aux regards d'un
,, monde, dont elle étoit la fable,
,, elle ſe retira dans un Monaſte-
,, re, où, après avoir langui pen-
,, dant quelque temps, elle a en-
,, fin ſuccombé ſous le poids de
,, ſa douleur.

CHAPITRE VI.

Du choix des amis.

LE choix des amis eſt un des objets de la vie qui m'a paru mériter le plus de ſoin de la part des jeunes gens ; c'eſt cependant celui auquel ils apportent le moins d'attention. On ne réfléchit point que ce choix influe ſur le reſte des jours ; cependant la réputation de ceux qu'on eſt dans l'habitude de voir , décide preſque toujours des impreſſions que l'on prend d'un homme dans le monde. Le goût pour les mêmes plaiſirs eſt le ſeul lien qui attache ; & rarement l'amitié eſt l'ouvrage de la réflexion.

La jeuneſſe ſe livre imprudemment à tout ce qui la flatte ; il ne vient point dans la penſée qu'il ſoit neceſſaire de connoitre avant d'aimer ; on taxe de radotage quiconque veut perſuader qu'il faut étudier le caractère des gens à qui l'on deſire donner ſon amitié. Combien de fois cependant ces liaiſons précipitées ont-elles été la ſource des chagrins les plus cuiſans ?

Si nous avons le défaut d'aimer avant de connoître, le ſexe ſemble encore rencherir ſur nous. Il ſe livre ordinairement plus volontiers. Lorſque deux jeunes perſonnes ſe rencontrent par hazard dans un cercle, elles s'abordent avec une politeſſe froide, & ne paroiſſent occupées qu'à s'obſerver avec l'attention la plus ſérieuſe. A les voir, on diroit qu'elles cherchent à ſe péné-

trer & à démêler leur caractere ;
mais lorſque la démangeaiſon de
parler ſe met de la partie, on
découvre bientôt qu'une mode ,
ou un ruban ſont les ſeuls objets
qui fixoient leur attention. Auſſitôt que les meres ont lié leur partie de jeu , on s'approche peu à
peu, on ſe fait des complimens
d'uſage, on s'entretient de bagatelles , inſenſiblement on entre
en matiere, la confiance s'établit,
& l'on eſt toujours étonné de voir
deux filles qui ne ſe connoiſſent
point, paroître un inſtant après
les meilleures amies du monde ,
ſe jurer l'amitié la plus tendre ; à
l'heure du départ ſe quitter avec
peine, ſe promettre un attachement inviolable, & aſpirer avec
impatience au moment de ſe rejoindre. De retour chez ſes pa-

rens, on les étourdit des qualités
de cette nouvelle amie ; on follicite le moment de la revoir. *Quel
jour irons-nous chez Madame une
telle*, eft une phrafe cent fois ré-
pétée. Enfin, ce jour tant défiré
arrivé, & prefque toujours cette
amitié précipitée s'évanouit dès
la feconde entreyue. C'eft un feu
qui s'évapore en fumée, & dont
on n'apperçoit aucune trace.

Il eft encore un autre défaut
annexé à la plupart des filles. Je
les ai vues prefque toujours donner la préférence au dernier objet
qui les frappe, & facrifier tour à
tour leurs amies à une nouvelle
connoiffance. Je me contenterai
de rapporter à ce fujet l'exemple
fuivant.

,, Conftance eut été la fille la
,, plus aimable, fans un fond de

„ légéreté qui la rendoit incapa-
„ ble d'une amitié folide. En en-
„ trant dans le monde, elle choi-
„ fit une amie ; ce premier choix
„ lui fit honneur, & fes parens y
„ applaudirent. *Conftance* ne
„ goûtoit aucun agrément fi elle
„ ne le partagoit avec *Julie* (c'é-
„ toit le nom de cette amie fa-
„ vorite.) On crut leur attache-
„ ment inaltérable, on les citoit
„ comme un modele d'une ami-
„ tié rare. *Lucile* parut, *Conf-*
„ *tance* fe dégoûta de *Julie*, &
„ fe livra avec fureur à cette
„ nouvelle connoiffance. Mais
„ fon ardeur fe rallentit bientôt,
„ & *Lucile* fut remplacée par
„ *Camille*. Le regne de cette
„ derniere dura auffi peu. *Conf-*
„ *tance* accoutumée au change-
„ ment, ne pouvoit plus confer-

,, ver long-temps la même amie,
,, trois mois d'attachement lui pa-
,, roissoient des siecles, son cœur
,, ne goûtoit plus que le plaisir de
,, la nouveauté, & *Constance* fit
,, succéder *Araminte* à *Camille*.
,, Cette *Araminte* étoit une de
,, ces femmes adroites que le
,, hazard avoit élevée à une for-
,, tune plus brillante qu'elle ne
,, devoit naturellement l'espérer.
,, Quoique d'un âge déja assez
,, mûr, elle aimoit à voir four-
,, miller autour d'elle une jeu-
,, nesse vive & pétulente. Elle se
,, rendoit cependant assez de jus-
,, tice pour sentir que ses foibles
,, charmes n'étoient pas capables
,, d'attirer cet essain, qui ne se
,, fixe jamais qu'auprès des plai-
,, sirs. *Constance*, quoique brune,
,, avoit les traits réguliers, &

„ fon enjouement alloit quelque-
„ fois jufqu'à l'étourderie. *Ara-*
„ *minte* la jugea propre à fecon-
„ der fes vûes. Il étoit aifé de
„ gagner fa confiance, c'étoit un
„ bien qu'elle prodiguoit indiffé-
„ remment; cette femme adroite
„ s'en apperçut, & fentit que
„ pour la fixer, il falloit d'autres
„ liens que ceux de l'amitié. A
„ ce deffein, elle ameuta la jeu-
„ neffe la plus bruyante; elle
„ avoit reconnu dans *Conftance*
„ une ardeur inconfidérée pour
„ les plaifirs; afin de fatisfaire
„ fon goût, *Araminte* fe forma
„ une fociété prife dans tous les
„ états. Robin, Plumet, Finan-
„ cier, tout fut également bien
„ reçu. Malgré le contrafte de
„ ces états, ils vivoient tous en
„ bonne intelligence. Occupés de
leurs

,, leurs plaifirs , ils ne fongeoient
,, qu'à les varier pour les rendre
,, plus piquans, & chaque jour
,, voyoit éclore un nouveau genre
,, d'amufemens. Ce train de vie
,, ne pouvoit manquer d'être
,, agréable à *Conftance* , & de
,, l'attacher fortement à une amie
,, qui fervoit fi bien fes inclina-
,, tions ; auffi étoit-elle enchantée
,, d'*Araminte* , qu'elle ne quit-
,, toit jamais qu'à regret, & avec
,, un defir plus vif de la revoir.
,, *Conftance* croyoit de bonne foi
,, aimer *Araminte* ; mais cette
,, femme étoit bien convaincue,
,, que, fans cette chaîne de plaifirs,
,, *Conftance* lui échapperoit bien-
,, tôt. Cependant on murmuroit
,, déja affez hautement de la con-
,, duite de cette jeune perfonne.
,, On tenoit des propos défavan-

,, tageux fur une liaifon auffi inti-
,, me. On publioit qu'une maifon
,, ouverte à des jeunes gens qui
,, ne connoiffoient d'autres Divi-
,, nités que leurs plaifirs, étoit
,, une école plus propre à cor-
,, rompre les mœurs qu'à les for-
,, mer. Des gens fenfés prévin-
,, rent les parens de *Conftance*
,, fur les propos qu'on en tenoit
,, dans le monde, & repréfente-
,, rent que ces bruits, une fois
,, accrédités, feroient un tort in-
,, fini à fa réputation. Ces avis
,, ouvrirent les yeux de fes pro-
,, ches, & il fut défendu à *Conf-*
,, *tance* de continuer fes vifites
,, chez *Araminte*. Un pareil or-
,, dre lui parut fi cruel, qu'elle
,, en tomba dans une efpece de
,, langueur. Pour diftraire ce cha-
,, grin, on l'emmena à la cam-

,, pagne, & *Julie* cette premie-
,, re amie, qui avoit été tant de
,, fois facrifiée, fut invitée à l'ac-
,, compagner. A peine *Conftan-*
,, *ce* eut-elle quitté Paris, qu'el-
,, le perdit de vue *Araminte.* Ju-
,, *lie* reprit fes premiers droits,
,, *Conftance* reconnut fes torts,
,, & vécut avec elle dans une
,, parfaite amitié tout le temps
,, qu'ils pafferent enfemble. A
,, fon retour, *Conftance* fe livra
,, à fa légéreté naturelle, conti-
,, nua de changer d'amie, & ou-
,, blia *Julie,* la feule femme qui
,, l'eût aimée fincérement.

,, *Conftance* n'avoit point de
,, caractere à elle, fi l'on en ex-
,, cepte fon goût pour les plai-
,, firs; c'étoit toujours les incli-
,, nations de fes amies qui déci-
,, doient des fiennes, & elle s'y

,, laiſſoit entraîner. Incapable de
,, réflexion , elle donnoit tête
,, baiſſée dans tout ce qui ſe pré-
,, ſentoit. *Conſtance* s'apperçut
,, trop tard de ſon erreur , & en
,, fut la victime.

Jeuneſſe aimable , vous blâ-
mez ſans doute un eſprit auſſi vo-
lage ! Vous auriez du regret de
former des liaiſons intimes avec
un caractere toujours indétermi-
né. J'approuve votre délicateſſe,
elle eſt l'effet du ſentiment , & le
ſentiment veut être payé par un
affectueux retour. Quiconque ne
ſait point apprécier les qualités
d'une amie ſincere, eſt incapable
de connoître le prix de l'amitié ,
en rompt bientôt les liens , & ne
ſe fait aucun ſcrupule de ſacrifier
une amie à des nouvelles connoiſſances. N'aimer les gens qu'au-

tant qu'ils applaudiffent à des idées vraies ou fauffes ; vouloir faire dépendre la volonté d'une amie de fon caprice, c'eft les tenir dans une efpece d'efclavage. On ceffe bientôt de les regarder comme tels, s'ils fe hazardent de contrarier une opinion, ou refufent d'approuver une démarche qui a quelque chofe de déraifonnable.

„ Sophie, née d'une mere ref-
„ pectable, eut le malheur de la
„ perdre dans un âge où le cœur
„ n'eft pas encore fufceptible
„ d'être éclairé par les lumieres
„ de la raifon. Son pere, unique-
„ ment occupé de fes plaifirs, fe
„ débarraffa du foin de fon édu-
„ cation entre les mains d'une
„ gouvernante. Croyant cette
„ précaution fuffifante, il vécut

„ dans une ignorance profonde
„ du fort de fa fille, & ne penfa
„ même pas à s'en informer. Cet-
„ te indifférence contribua à ren-
„ dre *Sophie* d'un caractere dur,
„ inflexible & incapable d'aucun
„ attachement raifonnable. La
„ gouvernante, à laquelle on
„ l'avoit confiée, étoit une vieille
„ domeftique accoutumée à la
„ dépendance, qui, n'ayant jamais
„ fu qu'obéir, applaudiffoit à
„ toutes les fantaifies de fon Éle-
„ ve. Un pareil guide étoit peu
„ propre à réprimer ce caractere
„ naturellement impérieux.

„ Le pere de *Sophie* mourut,
„ & la laiffa maîtreffe d'un bien
„ honnête. N'ayant jamais effuyé
„ de contradiction, elle ne con-
„ nut point d'autres loix que fes
„ volontés. Ses caprices furent

,, la seule regle de ses démarches.
,, Elle ne regardoit comme ses
,, vrais amis que ceux qui avoient
,, pour elle des complaisances
,, aveugles ; la flattoit-on, c'étoit
,, un moyen infaillible de lui plai-
,, re. *Sophie* aimoit les plaisirs ,
,, c'est un aimant qui attire tous
,, les hommes , sa société devint
,, nombreuse. Mais ses humeurs ,
,, son ton absolu parurent un
,, joug insupportable , même à
,, ceux qui ne la voyoient que par
,, rapport aux agrémens qu'on
,, trouvoit chez elle. Peu à peu
,, on se dégoûta de tant de bizar-
,, reries, chacun se retira , & *So-*
,, *phie* se trouva isolée. Cette dé-
,, sertion l'étonna , elle s'en plai-
,, gnit avec aigreur , mais inutile-
,, ment ; il ne lui resta que le vieux
,, *Dorimont* , qui , comblé des

„ bienfaits de fa famille, lui étoit
„ attaché par la reconnoiffance ;
„ ce refpectable ami eut affez de
„ courage pour lui parler ainfi.

„ Vous êtes aimable, *Sophie*,
„ je vous connois d'excellentes
„ qualités , mais elles font obf-
„ curcies quelquefois par des dé-
„ fauts contraires à l'harmonie de
„ la fociété. Peut-être , en vous
„ parlant avec franchife, vais-je
„ m'attirer votre inimitié ; mais
„ duffiez-vous me haïr, je fuis
„ trop attaché à votre maifon &
„ à vos intérêts, pour vous cacher
„ la vérité. Vous vous étonnez
„ d'être abandonnée de tout le
„ monde ; vous vous plaignez de
„ ce que vos bienfaits ne font que
„ des ingrats, qu'au moment où
„ vous croyez avoir une amie,
„ c'eft dans ce moment même

,, qu'elle vous échappe. Votre
,, furprife cefferoit bientôt, fi
,, vous euffiez réfléchi que vous
,, prétendez toujours tout obtenir,
,, fans jamais rien accorder; que
,, dans l'inftant où vous exigez
,, que l'on ne voie point vos dé-
,, fauts, vous ne faites aucune
,, grace à ceux de vos amis; que
,, vous êtes la premiere à les pu-
,, blier ou à leur prêter des ridi-
,, cules; que, fans égard pour
,, l'âge ou le rang, vous facrifiez
,, tout au plaifir de dire un bon
,, mot.

,, Vous n'avez point remarqué,
,, fans doute, qu'entraînée par
,, un caractere inconftant & capri-
,, cieux, il fuffit qu'un projet foit
,, agréable à votre fociété, pour ne
,, point avoir votre approbation.
— ,, Vous êtes fans prétention; &

,, cependant par une bizarrerie
,, inconcevable, votre jaloufie eſt
,, portée juſqu'à l'excès. Les
,, louanges que l'on donne à une
,, femme vous font preſque tom-
,, ber en ſyncope. Le vrai mérite
,, vous offuſque, vous haïſſez &
,, celle qui en eſt partagée, & ceux
,, qui lui rendent juſtice.

,, Vous êtes généreuſe, magni-
,, fique, libérale même juſqu'à
,, l'excès; mais pour vivre dans
,, le monde avec agrément, ces
,, vertus ne ſuffiſent point : elles
,, font bientôt oubliées, lorſqu'on
,, n'a point celles de la ſociété.
,, L'amitié naît ordinairement du
,, hazard, & ce n'eſt que par des
,, égards mutuels que l'on peut
,, rendre cette union ſolide. La
,, conduite que vous tenez avec
,, vos amis eſt peu propre à établir

,, cette confiance néceffaire au
,, bonheur des hommes. Vous
,, avez éloigné de vous tous les
,, honnêtes gens qui auroient pu
,, rechercher votre amitié. Il ne
,, vous eft même refté aucun de
,, ceux à qui l'attrait du plaifir
,, faifoit fouvent fermer les yeux
,, fur les inégalités de votre hu-
,, meur fantafque & changeante.
,, Car je vous crois trop raifonna-
,, ble pour compter au nombre
,, de vos amis quelques parafites
,, fans délicateffes ; incapables de
,, difcerner vos procédés, ils ne
,, font auprès de vous que pour
,, épier le moment de vous rendre
,, leur dupe. Si vous voulez croire
,, un homme, qui a pour lui &
,, l'âge & l'expérience, vous ren-
,, drez votre caractère plus focia-
— ,, ble vous fixerez votre efprit tou-

,, jours incertain & en contrariété
,, avec lui-même. En cédant à
,, vos amis, vous gagnerez leurs
,, cœurs; vos complaifances les
,, engageront à vous payer de re-
,, tour. Si vous fupportez leur
,, foibleffe, ils oublieront vos dé-
,, fauts. Vous en ferez chérie ten-
,, drement. Le vrai moyen d'ob-
,, tenir la préférence eft de mettre
,, tout en ufage pour la mériter.

,, Ce difcours fit une vive im-
,, preffion fur *Sophie*. Ses yeux
,, s'ouvrirent, & elle fentit tout
,, le ridicule de fa conduite. Elle
,, devint douce, affable & com-
,, plaifante, choifit des amis ver-
,, tueux, & eut le bonheur d'en
,, trouver. On admiroit fa pru-
,, dence. Ce n'étoit plus cette fille
,, hautaine qui n'écoutoit que fes
,, caprices, & fatiguoit tout le

,, monde par fon humeur bizarre ,
,, quelquefois même emportée.
,, *Sophie* n'avoit plus de volonté
,, & mettoit toute fa fatisfaction
,, à prevenir le goût de fes amis.
,, *Dorimont* étoit celui qu'elle
,, chériffoit le plus , il poffédoit
,, fa confiance, & *Sophie*, réglant
,, toutes fes démarches fur les fa-
,, ges confeils de ce refpectable
,, vieillard, regagna le cœur de
,, fes anciennes connoiffances , &
,, fe fit eftimer.

CHAPITRE VII.

Des Occupations.

S'Appliquer à des ouvrages frivoles, voilà à peu près quelles ont toujours été les occu-pations des femmes. Si quelques-

unes ont voulu s'en faire de plus
férieufes, en adoptant un genre
d'étude, elles ont paru fortir de
leur élément, on les a tournées
en ridicule. *Moliere* donna les
femmes favantes, plufieurs craignant de fournir le modele de
cette Comédie, abandonnerent
les fciences, & affecterent l'ignorance. La terreur s'empara de
toutes les meres, & il n'y en eut
prefqu'aucune qui ne s'appliquât
à borner l'éducation de fes filles,
avec le même foin qu'on avoit
apporté jufques là à l'étendre.
L'allarme fut long-temps univer-
felle ; on pourroit même dire que
dans nôtre fiecle, cette vieille
éducation prévaut quelquefois.
On trouve encore des meres qui
ont tremblé de voir renaître les
Triffotins, ou qu'on leur impu-

tât les travers que *Moliere* reprenoit dans les femmes ridiculement favantes. Entichées de ce vieux préjugé, qui leur a été tranfmis par leurs ayeules, elles peignent l'étude à leurs filles des mêmes couleurs dont elles chargent le vice. C'eft ainfi que, pour éviter un ridicule, on donne dans un autre, d'autant plus défagréable, qu'il devient le fléau de la fociété.

Confultez la plupart de ces *bonnes femmes*, elles vous diront qu'une fille vertueufe doit apprendre à régler fa maifon, à veiller fur fon domeftique, & que tout ce qui n'appartient point au détail du ménage eft une fcience inutile, & même dangereufe. Je n'exclus point ces qualités, je les regarde, au contraire,

comme effentielles. Mais doit-il
être indifférent qu'une fille connoiffe l'Hiftoire; qu'elle fache qui
fut le premier Fondateur de la
Monarchie Françoife; qu'elle foit
inftruite des révolutions de l'Empire, des intérêts des différens
Royaumes; que la terre eft arro-
fée par des fleuves qui fervent à
la féconder, que tel climat eft
propre à une denrée, celui-ci à
une autre? Pourquoi lui feroit-on
un crime d'affifter aux affemblées
publiques de nos Académies?
Elle y pourroit apprendre à juger de la beauté d'une expref-
fion, de l'élégance de la Profe,
du fublime de la Poéfie, & à difcerner le mérite des Auteurs.
Dans la vie civile, toutes ces chofes ont leur utilité; & bien loin
de nuire aux intérêts d'une mai-

fon, elles lui procurent fouvent
des avantages réels. Une femme
mérite fans doute qu'on l'eftime,
lorfqu'elle eft bonne économe,
qu'elle chérit fon mari, qu'elle
veille fur fes enfans, pratique la
vertu, & leur en infpire le goût;
mais c'eft trop exiger de vouloir
qu'on ne prétende rien au delà.

Suppofons une femme qui n'a
que ces qualités, & voyons quel
profit la fociété en retire. ,, *Do-*
,, *ris* m'arrête au milieu d'une
,, place publique pour m'entrete-
,, nir des titres de fon mari, des
,, gentilleffes de fon fils, des fu-
,, jets de plaintes qu'elle a contre
,, fes domeftiques, du prix des
,, denrées, de la confommation
,, qu'elle en fait, de fon revenu,
,, d'un bijou nouveau qu'elle s'eft
,, donné; je demande fi dans cet-

,, te converfation, que *Doris* ré-
,, pete dans tous les cercles, je
,, puis trouver quelque chofe pro-
,, pre à me former ou l'efprit, ou
,, le cœur ?

,, Delphinie eft vertueufe &
,, fage. Elle remplit tous fes de-
,, voirs avec l'exactitude la plus
,, fcrupuleufe. Tout le monde
,, l'admire, on a pour elle le plus
,, profond refpect, cependant
,, chacun l'évite, & craint de la
,, rencontrer. *Delphinie* traîne
,, après elle l'ennui, & c'eft à fon
,, ayeule qu'elle en a l'obliga-
,, tion. Elle perdit fes parens dès
,, l'âge le plus tendre. Ils s'é-
,, toient appliqués à cultiver fon
,, efprit, en l'ornant de tout ce
,, qui peut rendre une fille aima-
,, ble. Reftée par leur mort fous
,, la tutelle d'une grand-mere qui

,, haïffoit la lecture, & jufqu'à
,, l'ombre des talens, elle fut
,, obligée de fe conformer à fes
,, goûts. Les premiers principes
,, qu'elle avoit reçus s'évanoui-
,, rent bientôt, & *Delphinie*, en
,, cédant aux volontés de fon
,, ayeule, devint méconnoiffa-
,, ble. Chaque jour vous la ver-
,, rez interrompre les propos les
,, plus intéreffans, pour vous fai-
,, re remarquer les fingeries d'un
,, chien qu'elle idolâtre. Elle
,, s'évanouit au moindre accident
,, de cette bête, en eft l'efcla-
,, ve, & n'a pas même l'art de
,, cacher combien elle eft jaloufe
,, des careffes que cet animal fait
,, à un étranger. Si l'on eût con-
,, tinué de cultiver les talens de
,, *Delphinie*, elle feroit l'agré-
,, ment de fes amis, on la recher-

,, cheroit avec autant de foin
,, qu'on en apporte à l'éviter.

Se faire une occupation férieufe
d'une bagatelle ou négliger le détail d'une maifon pour fe livrer
entiérement à l'étude, c'eft donner dans deux excès également fujets à des inconvéniens. Varier fes
occupations, partager fon temps
entre des ouvrages agréables &
utiles, cultiver fes talens, travail-
ler à en acquérir de nouveaux ;
c'eft un moyen fûr de n'être ni
mauffade, ni ridicule. Une fille
dont les propos font hériffés de
grands mots fcientifiques, prefque toujours vuides de fens, &
plus fouvent mal adaptés, ou celle qui, hors de fa coëffure, de fes
bijoux & de fes ajuftemens, fe
trouve ifolée ; c'eft ce qu'on appelle des *êtres fort ennuyeux*.

Quiconque n'a qu'un feul objet
en vue, trouve bien des momens
vuides, qu'il lui eft impoffible de
remplir. La nature a départi une
certaine mefure d'efprit à tous les
hommes, mais cette mefure n'eft
pas égale.

Un caractere vif, en faififfant
tous les objets à la fois, eft incapable de s'arrêter long-temps fur
le même. Si ces objets ne font point
variés, il fe dégoûte, fe confom-
me, perd fon activité & n'eft plus
fufceptible d'aucune forte d'application.

Un efprit lent, fixé fur un même fujet, s'engourdit, refte toujours au même point, & ne fait aucun progrès. Il faut l'éguillonner
pour le tirer de fa léthargie, en
ne lui préfentant que des objets
qui le flattent & qui l'entraî-

nent, pour ainſi dire, malgré
lui.

Un génie tranquille, modéré,
& toujours maître de lui-même,
va pas à pas au but qu'il s'eſt pro-
poſé d'atteindre, & voit ſes travaux couronnés par les ſuccès les
plus brillans.

Quoiqu'en diſent quelques ſo-
phiſtes, l'éducation influe beaucoup ſur les mœurs. Dans la
Bourgeoiſie, où l'on eſt ſinge des
Grands, ſans en avoir les reſſour-
ces, la plupart des filles ſont éle-
vées dans un genre d'occupation
aſſez peu convenable à leur état.
On leur fait ſouvent négliger l'u-
tile pour ne les occuper que de
l'agréable. Un particulier ſans
nom, qui a eu le ſecret d'amaſſer
une fortune médiocre, croiroit
manquer à ſes enfans, ſi la danſe

& la mufique ne faifoient point
la meilleure partie de leur éducation. Sans prévoir que fa fortune
peut effuyer une révolution , qui
va replonger fa famille dans le
néant , dont un éclair de bonheur
vient de le retirer , il fe fixe à ce
point de vue , & jamais fes idées
ne s'étendent au delà. Fier de fes
richeffes , il rougiroit d'affurer à
fa fille un moyen qui pût la mettre à l'abri des événemens. Cependant combien eft-il de filles
dans le monde , qui , avec le
feul mérite des talens agréables ,
fe voient expofées à toutes les
horreurs de la mifere, ou qui,
pour s'en retirer , font obligées
de faire reffource de leurs charmes ?

Dans un rang plus élevé, on
joint à ces deux talens l'étude de

l'Histoire, de la Géographie, du Dessein, de la Peinture; mais ordinairement on ne fait qu'effleurer ces dernieres sciences, & souvent à peine en reste-t-il une légere teinture, lorsqu'on a congédié ses maîtres. La danse, plus favorable aux plaisirs, est l'objet de prédilection. Un Maître à danser, jaloux de faire primer son art, a le secret d'intéresser l'amour-propre en sa faveur. D'après son éloge, on reste persuadé que la danse, en développant les graces, va prêter de nouveaux attraits. Une femme bien née, est jalouse de briller au bal. C'est le seul endroit où il lui soit permis de paroître avec avantage.

Depuis qu'il a été établi qu'il falloit avoir la poitrine foible, l'estomac débile, que l'on ne vivroit

vroit plus que de *drogues*, il eſt indécent à quelqu'un *du bon ton* de chanter dans un concert. Si quelquefois on cede, eut-on le goſier de *Philomele*, on a ſoin d'étouffer ſes ſons, de n'en point donner toute l'étendue. Pour maſquer ce don précieux de la nature, on affecte une négligence, une monotonie inſupportable, & qui ſouvent décele une ignorance profonde des premiers principes de cet art ; ignorance que l'on ſeroit très-fâché de laiſſer entrevoir, mais qui n'eſt pas moins réelle. L'indolence avec laquelle on a cultivé les autres Sciences, donne du dégoût pour tout ce qui s'y rapporte. Si le hazard fait rencontrer dans la ſociété d'une *jolie femme*, quelqu'un qui agite un point p. Hiſtoire, s'il s'éleve quelques conteſta-

G

tions sur la situation d'une Ville, ces matieres lui cause la migraine. Hors d'état de dire son sentiment, qu'on lui demande avec instance, occupée de la crainte de laisser voir combien elle est bornée, une vapeur la sauve de ce mauvais pas. D'autres plus adroites, mais aussi ignorantes, affectent un jargon précieux, ou croient se tirer d'embarras à la faveur d'une *volubilité* capable de déconcerter le plus habile homme.

J'ai dit au commencement de ce Chapitre que les futilités attiroient seules toute l'attention des femmes ; peut-être seroit-il avantageux qu'elles s'y bornassent. Il suffit pour s'en convaincre de jetter un coup d'œil sur les occupations journalieres de la plupart d'entre elles. Une femme, se leve toujours fort embarraſſée de ce qu'elle fera. *Comment páſſer cette journée*, eſt ſa premiere exclamations ? Cependant on ſemet à ſa toilette, & la matinée ſe paſſe à raiſonner ſur l'arrangement d'une fleur, la tournure d'une boucle ou d'autres objets de cette importance. On annonce une viſite, on la reçoit : on s'informe avec empreſſement de la nouvelle du jour. *N'aveʒ-vous rien appris ?* Voilà la queſtion. Une réputation flétrie eſt ordinairement la réponſe. Midi ſonne, on demande ſes chevaux, on court tous les Marchands, on ſe fait écrire à quelques portes, on rentre enfin accablée de laſſitude & excédée d'ennui. Le ſoir exige une nouvelle parure ; on va au Spectacle, cela demande une toilette plus ſérieu-

fe. On redouble de foin ; on fe rend
tard à l'Opéra, on s'y annonce
avec fracas, on falue avec diftrac-
tion, on tourne la tête au théatre,
on interrompt les Spectateurs jaloux d'entendre nos chefs-d'œuvres lyriques. On fort au milieu
de la piece pour fe rendre chez
Clélie. C'eft fon jour d'affemblée ;
on fe met au jeu en arrivant, la
bonne foi n'eft fouvent pas de la
partie. Quoiqu'occupée de fon intérêt ' on trouve encore le moment
de médire ; on paffe en revue toutes fes connoiffances ; chacun rapporte ce qu'il en fait, plus fouvent ce qu'il ne fait pas ; qu'importe, ce qu'on invente fupplée à
ce que l'on ignore. Enfin on rentre, & cela s'appelle une journée
employée *délicieufement*.

Il eft certain, & je ne faurois

trop le répéter, que fi l'on donnoit plus de foin à l'éducation des
filles, la fociété en retireroit un
double avantage. Ce fexe enchanteur n'eft-il pas fufceptible des
progrès rapides? Oui, c'eft un
champ fertile qui, pour produi-
re, n'attend que les foins d'un
habile & judicieux cultivateur.
Pourquoi donc le laiffer en fri-
che? En accoutumant une fille
dès l'âge le plus tendre à varier
fes occupations, l'étude devien-
dra alors pour elle un amufement
que lui donnera au moins quelque teinture des fciences, & il en
réfultera un avantage réel. Certaines notions préliminaires & fu-
perficielles la conduiront à de
plus folides, & lui en infpireront
le goût. Alors ce ne fera plus un
Automate ennuyeux à foi-même,

& à charge à la fociété. Si cette
éducation prévaloit, on verroit
bien moins de filles au milieu
d'une converfation intéreffante
pour tout bon Citoyen, décéler
leur ennui par des bâillemens indécens, & l'on n'entendroit plus
tant de queftions ridicules.

„ Au retour d'un voyage de
„ Hollande, un ami m'invita de
„ l'accompagner dans une cer-
„ taine maifon, dont il me fit le
„ tableau le plus féduifant. Selon
„ lui, je n'avois jamais rien vu
„ de fi charmant. C'étoit un fé-
„ jour enchanté. Tous les agré-
„ mens s'y trouvoient réunis. *Mé-*
„ *lite* (ainfi fe nommoit la maî-
„ treffe de cette maifon) étoit
„ une femme adorable qui réu-
„ niffoit tous les talens. C'étoit
„ un de ces génies rares, de ces

,, efprits fublimes, dont la natu-
,, re eft fi avare. Elle n'ignoroit
,, rien de tout ce qu'il eft poffible
,, de favoir. Son érudition pro-
,, fonde, fans être pédantefque,
,, rendoit fa converfation toujours
,, neuve, toujours intéreffante.
,, Auprès d'elle on étoit affuré de
,, ne jamais rencontrer l'ennui.
,, Le choix de fa fociété faifoit
,, l'éloge de fon difcernement.
,, On voyoit regner dans toutes
,, fes actions un goût fûr & dé-
,, licat; en un mot, *Mélite* étoit
,, une femme accomplie, & fon
,, jugement décidoit la réputa-
,, tion d'un Auteur. Je réfiftai
,, d'abord aux inftances de cet
,, ami; je me défiois du *Panégé-*
,, *rifte* : cependant entraîné &
,, par la curiofité, & par l'attrait
,, de ce prétendu phénomene, je

,, cédai à fon empreſſement, &
,, lui donnai parole pour le len-
,, demain. Il vint me prendre à
,, l'heure indiquée, me dit en
,, route que j'étois attendu avec
,, impatience, & que ſur ſa pa-
,, role on m'avoit admis au nom-
,, bre des convives d'un ſouper
,, *divin*. Nous arrivâmes chez
,, *Mélite*, & j'en reçus l'accueil
,, le plus gracieux. Je fus ébloui
,, de ſes charmes, jamais je n'a-
,, vois vu de figure plus agréable,
,, & ſa beauté eut tous mes hom-
,, mages. Elle s'exprimoit avec
,, tant de graces, elle avoit un
,, air ſi naturel & ſi aiſé, que j'en
,, fus enchanté. Mais en garde
,, contre un jargon familier aux
,, gens d'un certain rang, & que
,, ſouvent on confond avec l'eſ-
,, prit; j'attendois pour juger du

,, fien, que j'en euffe des preuves
,, moins équivoques.

,, J'étois annoncé comme un
,, homme qui avoit parcouru tou-
,, te l'Europe. Cette réputation
,, donna une idée finguliere de
,, ma perfonne. Les amis de *Mé-*
,, *lite*, perfuadés que j'étois un
,, être univerfel, fe rangerent en
,, haie fur mon paffage ; & je fus
,, affailli de demandes, la plu-
,, part ridicules, & prefque tou-
,, jours déplacées ou frivoles. Elles
,, fe fuccédoient avec tant de ra-
,, pidité, que je trouvois à peine
,, l'inftant d'y répondre. L'un
,, m'interrogeoit fur la beauté des
,, femmes, celui-ci fur les plai-
,, firs de la table, celui-là fur les
,, modes, cet autre fur les bals ;
,, mais perfonne ne paroiffoit cu-
,, rieux de s'informer des mœurs,

,, des ufages, des productions ,.

,, du commerce, des forces, ni

,, des richeffes de l'Étranger. Je

,, ne pouvois revenir de ma fur-

,, prife. Eft-ce donc là, me di-

,, fois-je, cette fociété choifie

,, qui fait honneur au difcerne-

,, ment de *Mélite* ? Cette ré-

,, flexion, & tout ce que je

,, voyois, commencerent à me

,, rendre fufpect l'éloge outré

,, qu'on m'avoit fait de cette Da-

,, me, & j'eus bientôt lieu de

,, changer mes foupçons en certi-

,, tude. En effet, ce génie rare,

,, cet efprit fublime, doué d'une

,, fi profonde érudition, ignoroit

,, les premiers élémens de l'Hif-

,, toire, & n'avoit aucune notion

,, de la Géographie. *Mélite* étoit

,, fi peu inftruite, qu'elle me de-

,, manda de la meilleure foi du

,, monde , *fi la Cour de Vénife*
,, *étoit auffi brillante que celle de*
,, *Verfailles , fi l'on y avoit des*
,, *carroffes du dernier goût , fi les*
,, *Boulevards étoient auffi agréa-*
,, *bles à Londres qu'à Paris , & fi*
,, *l'on avoit des bouffons à Naples.*
,, Je paffe fous filence cent autres
,, queftions encore plus puériles.
,, Le fouper qu'on annonça mit
,, fin à un entretien fi fatigant ; je
,, crus que l'agrément du repas
,, m'en dédommageroit ; je me
,, trompois. Tout le temps que les
,, valets refterent à nous fervir ,
,, fe paffa à débiter des hiftoires
,, fcandaleufes de la Ville , à lan-
,, cer les plus fanglantes épigram-
,, mes contre des gens connus , &
,, à tourner en ridicule les mœurs
,, fimples & refpectables de nos
,, Peres. Au deffert on s'enivra

,, des liqueurs les plus fpiritueu-
,, fes , une joie effrénée échauffa
,, les efprits , & la décenfe fut
,, prefque oubliée. On fe mit en-
,, fuite au jeu , on ne le quitta
,, que long-temps après le lever
,, du Soleil, & j'appris en fortant
,, que c'étoit là la vie journaliere
,, de *Mélite*.

CHAPITRE VIII.

De la Lecture.

LA lecture fe préfente fi na-
rellement au rang des occupations effentielles, que j'aurois
du fondre cet important article
dans le Chapitre précédent ; mais
comme tout Auteur a befoin d'indulgence, tout lecteur a befoin
auffi de repos.

Lire eſt un art preſque ignoré.
Tout le monde croit le poſſéder ,
mais cependant il eſt bien peu de
perſonnes qui liſent avec fruit.
Rarement ſe fait-on une étude
particuliere de ce talent. La plupart des gens qui ſe piquent d'aimer la lecture , liſent machinale-
ment. On prend un livre , s'il
amuſe , il fait fortune ; on le décide excellent. N'a-t-il pour objet que notre inſtruction , c'eſt un
Moraliſte faſtidieux , banni de la
bonne compagnie , & relégué entre les mains des pédans de Col-
lege. Nous ſommes dans un fiecle où la morale a perdu tout crédit , à moins qu'elle ne ſoit étayée
de quelques réflexions hazardées ,
ou bien ornée de portraits qui
prêtent à de malignes applications. Une pareille dépravation du

goût vient sans doute de la multiplicité de ces brochures que l'on voit éclore chaque semaine. Vrais libelles diffamatoires, où les Auteurs, en défendant leurs opinions, se déchirent mutuellement.

Les inclinations des hommes varient autant sur la lecture, que leurs caracteres different entre eux. L'un s'attache à l'Histoire, l'autre aux Poëtes & celui-ci aux Romanciers ; chacun a son goût particulier, & cet attrait pour un même objet se modifie encore différemment dans chacune de ces especes.

Les filles ont ordinairement un goût décidé pour les Romans. Elles lisent avec avidité ces sortes d'ouvrages. Plus les Héros en font tendres & malheureux, les faits extraordinaires, & plus elles y trouvent d'agrémens ; entraînées comme par un charme séduifant, elles fe hâtent d'arriver à la conclufion, & ne quittent point ces fortes de livres qu'elle ne les aient dévorés d'un bout à l'autre. Si la prudence dirigeoit le choix des Romans, ces lectures pourroient devenir utiles. Mais combien en eft-il qui préferent *Angola* au *Doyen de Killerine* ? On gliffe legérement fur la morale de *Dom Quichotte*, pour ne s'attacher qu'à fes aventures romanefques. *Clélie* paroît au deffus de *Gilblas*. D'autres enchantées de *Cléopatre*, d'*Amadis* ou du *Chevalier du Soleil*, font de ces douceureux Romans leur lecture favorite. En faveur de l'attrait qu'a le merveilleux pour la plupart des hommes & fur-tout pour le François, on pourroit excufer cette derniere préférence, fi elle n'étoit point pouffée à l'excès.

Les premiers Écrivains de notre Nation firent des Romans. Nos Peres, uniquement attachés à la profeffion des armes, ne prenoient plaifir qu'au recit *des faits & geftes* des *Preux Chevaliers*. Un Géant pourfendu par *Tancrede*, un Enchanteur défait par *Amadis*, une Armée mife en déroute par la valeur d'un feul *Chevalier*, toutes ces images gigantefques échauffoient & redoubloient leur courage. Enhardis par ces exemples, & dans l'efpoir d'être couronnés des mains de leurs *Dames* ils brûloient de combattre, alloient à la *quête* des aventures, faifoient des prodiges incroyables, & retournoient victorieux, dépo-

fer aux pieds de leurs maîtreſſes
les dépouilles des vaincus. Combien peut-être d'illuſtres Héros
n'ont-ils du tant d'actions fameu-
ſes , & un nom célebre , qu'aux
Romans d'*Artus* & des *Cheva-*
liers de la Table ronde ? Des ouvrages qui font aimer la vertu ,
qui en inſpirent le goût , dont la
morale éleve & ennoblit l'ame ;
de pareils ouvrages font toujours
utiles. Si ce genre étoit encore en
honneur , j'y applaudirois ; mais
aujourd'hui que les Romans ne
reſpirent que la molleſſe , atta-
quent l'honnêteté , tendent à corrompre les mœurs , roulent la plupart ſur des allégories diffaman-
tes contre des gens en places , des
alluſions indécentes ou des calom-
nies contre des Corps reſpecta-
bles , les prohiber , ne feroient-

ce pas rendre fervice à l'humanité ?

Étudier les inclinations d'un enfant pour les régler enfuite d'après
les loix de la fageffe & de la prudence, redreffer les idées fauffes
qu'il peut fe former, le rappeller
avec douceur & par une gradation fenfible à la vertu, lorfqu'il
eft prêt de s'en éloigner, c'eft un
moyen infaillible de lui procurer
un avantage réel. Laiffer une fille
fe livrer à fon penchant, au lieu
de réprimer ce qu'il peut y avoir
de vicieux en elle, c'eft l'expofer
à une ruine certaine.

,, *Olimpe*, fans fortune & fans
,, parens, excita la pitié d'une
,, bonne dévote, qui fe chargea
,, de cette jeune orphéline. C'é-
,, toit une femme fimple, elle
,, croyoit de la meilleure foi du

,, monde que tout Livre qui ne
,, traitoit point de la vie myſtique
,, & contemplative, devoit être
,, défendu. On prend aſſez volon-
,, tiers le goût des gens que l'on
,, eſt dans l'habitude de voir &
,, de regarder comme ſes ſupé-
,, rieurs ; on croit même leur don-
,, ner par là des preuves de ſon
,, reſpect & de ſon attachement ;
,, alors inſenſiblement leurs incli-
,, nations, leurs vices ou leurs
,, vertus deviennent les nôtres.
,, *Olimpe*, élevée dans la perſua-
,, ſion qu'il n'y avoit de bons Li-
,, vres, que les Œuvres d'Antoi-
,, nette *Bourignon*, de Madame
,, *Guyon*, de *Poſtel*, en faiſoit
,, ſes délices. C'étoient les ſeules
,, qu'elle connût & qu'il lui fut
,, permis de lire.

    ,, *Olimpe* avoit un cœur ſuſ-

„ ceptible d'une très-grande fen-
„ fibilité. Trop jeune encore pour
„ pouvoir en déterminer les mou-
„ vemens, elle s'abufoit fur la
„ vraie caufe des fenfations qu'el-
„ le éprouvoit. Elle étoit arrivée
„ à cet âge où la nature prend
„ une forme nouvelle, & où l'on
„ éprouve une langueur, que
„ l'on reffent mieux qu'il n'eft pof-
„ fible de la définir. *Olimpe* brû-
„ loit d'en connoître l'origine ;
„ elle fut trouver une amie, qui,
„ pour lui aider à développer fes
„ idées, lui remit entre les mains
„ un Roman, dont l'amour fai-
„ foit tout l'intérêt. Il fut lu avec
„ cette avidité que l'on a pour tout
„ ce qui offre des objets nou-
„ veaux. *Olimpe* en lifant s'atten-
„ driffoit. Bientôt confumée par
„ un feu intérieur, dont elle ne

,, pouvoit découvrir la caufe, el-
,, le eut recours à fa nouvelle
,, amie ; & lui emprunta quel-
,, ques-uns de fes Romans, où
,, l'indécence eft ingénieufement
,, voilée ; livres d'autant plus
,, dangereux , que le poifon s'y
,, cache fous les fleurs. *Olimpe*
,, paffoit les nuits à lire ; fon avi-
,, dité la trahit. Sa bienfaitrice la
,, furprit en méditant un ouvrage
,, qui révéloit tous les fentimens
,, qu'infpire l'amour. Cette fem-
,, me , plus irritée de la préférence
,, qu'*Olimpe* donnoit à ces fortes
,, d'ouvrages, que du danger que
,, la vertu de cette pauvre enfant
,, couroit, la chaffa ignominieufe-
,, ment de chez elle, & lui refu-
,, fa jufqu'au fecours qu'exige
,, l'humanité. *Olimpe* en proie
,, à toutes les horreurs de la mi-

,, fere, fans reffource, s'aban-
,, donna au premier qui l'acueil-
,, lit. Son ame impregnée des
,, idées qu'elle avoit prifes dans
,, fes lectures, fe prêta volontiers
,, à toutes les impreffions qu'on
,, voulut lui donner. Sans expé-
,, rience, elle prit pour l'effet du
,, fentiment, ce qui n'étoit que
,, la fuite d'une fougue excitée
,, par les diverfes fenfations, auf-
,, quelles elle s'étoit livrée. Bien-
,, tôt on la vit fecouant tout pré-
,, jugé raifonnable, étaler fa hon-
,, te aux yeux du Public, & bra-
,, ver les honnêtes gens dans un
,, char brillant, produit honteux
,, d'un: rafic infame.

Si la lecture des Romans a quelquefois des fuites funeftes, elle
infpire fouvent auffi une délicateffe fcrupuleufe, mal-entendue,

& toujours ridicule. Ce qui confir-
me la vérité de ce principe qu'*il
est peu de personnes qui lisent avec
assez de réflexion, pour en tirer
quelque fruit.*

Parmi les différentes especes de
goût qui président aux choix des
lectures, j'ai remarqué une manie
dans ceux dont l'*Histoire* fait la
passion favorite. On en voit (&
c'est le plus grand nombre) qui
ne se plaisent qu'à lire celle des
pays éloignés, & pour ainsi dire,
inconnus. Ils sont instruits de tout
ce qui regarde la *Chine*, la *Perse*
& les *Indes* ; ils savent les noms
des différentes *Dynasties* qui se
sont succédées ; ils vous donneront
même le détail des richesses du
Mogol, vous diront le nombre de
ses femmes, & combien de fois
il faut se prosterner lorsqu'on est

admis à fon audience : mais ils
ignorent les coutumes, les ufages,
les révolutions, & fouvent jufques à la fituation des diverfes
Provinces de leur patrie ; ils auroient même peine à vous dire
quelles font les Nations qui les
bornent. D'ailleurs, affectant de
méprifer tout ce qui n'a pas trait à
leur Nation, ils croient que l'Hiftoire des autres peuples de l'Univers leur doit être abfolument in-
différente. Il en eft dans ce nombre qui fe figurent poff
éder les An-
nales de leurs pays, parce qu'ils
ont lu toutes les anecdotes fecrettes
des différens regnes qu'ils connoif-
fent ; les fêtes qu'un Roi a données
à fa Cour, & les lieux où l'on a cé-
lébré un tournoi. Perfuadés de la
bonne foi des Chroniqueurs, ils
prennent leurs rêveries pour des
faits

faits inconteſtables, & ſoutiennent avec chaleur les opinions qu'ils en adoptent.

Une fille, qui veut lire l'Hiſtoire avec fruit, doit commencer par les meilleurs & les plus viridiques Hiſtoriographes de ſa Nation. Lorſqu'elle les a ſuffiſamment étudiés, c'eſt alors qu'elle doit s'attacher à ceux des divers peuples de l'Europe, qui ſont ou diviſés, ou alliés d'intérêt avec le Royaume qui l'a vu naître; c'eſt ainſi qu'elle ſe trouvera inſtruite des événemens les plus intéreſſans, & qu'un bon Citoyen ne doit point ignorer. ,, L'Hiſ- ,, toire, dit Ciceron, eſt le té- ,, moin des temps, la lumiere de ,, la vérité, la vie de la mémoi- ,, re, la maîtreſſe de la vie, & ,, la meſſagere de l'antiquité.

H

Cette étude ne doit point cependant exclure toute autre lecture. Chacune a son agrément & son utilité. En varier les objets, c'est un moyen assuré d'acquérir des connoissances plus étendues. L'esprit dans ses occupations a besoin de délassement. *Ésope* compare avec raison cette faculté à un arc ; s'il reste long-temps bandé, il se rompt & devient une arme inutile entre les mains du chasseur. L'Histoire n'offre que des événemens sérieux, & presque toujours produits par les mêmes motifs. Il faut une grande application pour en discuter les faits, les éclaircir, & pouvoir démêler la vérité souvent altérée par un Auteur partial. Ce travail, qui exige l'attention la plus sérieuse & la plus pénible, donne

une certaine tenſion à l'eſprit, qui
peut le fatiguer. Les charmes de
la Poéſie s'offrent alors à propos
pour délaſſer de ce travail. Son
ſtyle pompeux & cadencé flatte
l'oreille. La variété des ſujets
qu'elle traite nous laiſſe le choix
des objets. Une fiction ingénieu-
ſe, employée avec art, promene
agréablement notre imagination.
Une comparaiſon nous découvre
des beautés, qui, ſans cela, alloient nous échapper. Une penſée neuve ſemble porter dans notre ame un trait lumineux; elle
nous arrache ces cris d'exclamations, ſi flatteurs pour un Poëte.
Le ſublime de l'*Ode*, la naïveté
du *Conte*, la morale de la *Fable*,
le ſel d'un *Épigramme*, tout eſt
attrait dans la Poéſie. On eſt char-
mé de trouver dans une *Idille*,

une *Églogue*, ou toute autre Pas-
torale, des Bergers dont la sim-
plicité retrace l'image du siecle
d'or. L'héroïsme de l'*Épique* éleve l'ame, & lui inspire des sentimens capables des plus grandes
choses. Le *Tragique* nous remet
devant les yeux le caractere & les
vertus des grands hommes de l'antiquité. La *Comédie*, où nous
voyons les choses de plus près,
parce qu'elle est plus dans nos
mœurs, peint le vice sous des
couleurs odieuses, ridiculise nos
foiblesses, souvent même nous en
corrige. Elle nous tient en garde
contre un fourbe ou un flatteur, &
nous apprend à discerner l'honnête
homme de l'intriguant.

Sexe aimable, souvenez-vous
qu'il n'est dans la vie aucune occupation, à laquelle on puisse mieux

adapter qu'à la lecture le précepte
d'Horace de *mêler l'utile à l'a-*
gréable. Je le répete, il faut
qu'une prudence éclairée en dirige le choix. Ne lire que des ouvrages qui énervent l'ame, amol-
lisent le cœur, & font germer les
passions, c'est courir au devant
du danger, & se précipiter dans
un gouffre de remords. Varier ses
lectures & ne choisir que celles
qui peuvent orner l'esprit & former le cœur, c'est accumuler
des biens qui deviennent d'une
grande ressource, lorsque l'âge a
flétri les attraits.

CHAPITRE IX.

De la Parure & du Maintien.

IL ne suffit pas de posséder toutes les vertus pour se croire à
l'abri de la censure. Le Public ne
juge ordinairement de la réalité
des choses que par l'extérieur. Rarement il attend pour prononcer
sur la réputation d'une jeune personne, qu'il ait pu démêler son
caractere. Les apparences décident des inclinations, voilà sa regle. Malgré toute son injustice,
elle est admise; il faut s'y sou-
mettre.

Toute fille vertueuse, qui veut
qu'on la croie telle, doit pour se
faire respecter, avoir un maintien
modeste, sans affectation.

L'air naturel & aifé annonce une ame libre, qui ne craint point de fe laiffer pénétrer. Un maintien embarraffé, une contenance inquiette, un regard *en deffous*, toutes ces chofes font foupçonner que l'on perdroit à fe montrer à découvert, & que l'on fait des efforts pour fe cacher. Un air étourdi & évaporé fait tirer des conjectures défavantageufes qui peuvent porter coup, quoique mal fondées.

La coquetterie eft fur-tout une des chofes qui contribue le plus à faire prendre une mauvaife opinion des femmes ; & ce défaut tire toujours fon origine du principe de l'éducation. On éleve le fexe dans la perfuafion, que le feul moyen de pouvoir fe procurer un établiffement folide, eft de

chercher à plaire aux hommes.
Sans vouloir apprécier la valeur
de ce terme, on croit qu'il fuffit
pour y réuffir, d'éudier devant fon
miroir fon maintien, fes geftes &
fa parure. Une mere, qui a fucé
cette maxime avec le lait, la
communique à fa fille. Occupée
du foin de la faire paroître avec
avantage, elle recherche avec
attention tout ce qui peut relever
fes agrémens. Convaincue que
c'eft en cela que confifte l'art de
plaire, elle ne va jamais au delà.
Les courtifanes donnent le ton ;
& la mode la plus extravagante
eft toujours celle qui paroît du
meilleur goût.

Un autre vice dans l'éducation
des enfans, c'eft cette vanité
qu'on infpire dès le plus bas âge.
A peine une fille commence-t-elle

à marcher feule, que l'on fe plaît à la charger d'ajuftemens. Pour l'accoutumer à la fatigue de la parure, on ne ceffe de lui répéter qu'elle eft belle. On regarde d'abord ces miferes comme un amufement; mais peu à peu l'enfant s'y habitue. Plus âgée, elle ne fauroit fe déterminer à quitter une parure qui lui attiroit tous les regards. Hé fouvent que de moyens honteux n'employe-t-on pas pour fe procurer une *aigrette,* ou quelque autre *colifichet*!

Oui, je le répete; on néglige trop d'infpirer aux jeunes perfonnes la décence dans leurs parures. Depuis qu'il eft de convention que quelque ridicule que foit l'ajuftement d'un enfant, il peut paffer à cet âge, tout paroît fans conféquence. *L'habitude eft une feconde*

H v

nature ; lorfqu'on en contracte de mauvaifes , elles detruifent les meilleures inclinations.

„ Licoris eft devenue la honte
„ d'une famille refpectable , qui
„ rougit de l'avouer pour fa pa-
„ rente. Cependant on auroit cru
„ à *Licoris* du penchant à la ver-
„ tu. Dès fa plus tendre enfance ,
„ elle prêtoit une oreille atten-
„ tive à l'éloge qu'on lui en fai-
„ foit. Mais les difcours impru-
„ dens d'un pere , accoutumé à
„ traiter les bienféances de chi-
„ mere , & l'exemple d'une mere
„ coquette détruifirent bientôt
„ ces heureufes difpofitions. A
„ quinze ans , elle connoiffoit dé-
„ ja toutes les reffources d'une
„ coquetterie rafinée. A la mort
„ de fa mere , fes parens ayant
„ tout à craindre des mœurs de

„ fon pere , lui nommerent un
„ tuteur étranger. Celui-ci, pour
„ fe délivrer de l'embarras de
„ veiller fur la conduite de fa
„ Pupille , chargea de ce foin
„ une de ces femmes féveres , fi
„ bien caractérifées fous le nom
„ de *Bigotes*. Cette Prude, au
„ lieu de combattre infenfible-
„ ment fon goût pour les ajufte-
„ mens ridicules , lui faifoit un
„ crime du moindre *arrangement*
„ & bientôt la réduifit aux habits
„ les plus fimples. *Licoris* , ac-
„ coutumée à relever fes char-
„ mes par toutes les *affecteries* de
„ la mode , ne put fupporter cet-
„ te réforme ; pour s'y fouftraire
„ elle gagna une partie de fa fa-
„ mille, fe fit émanciper ; & de-
„ venue maîtreffe de fes actions ,
„ donna dans tous les travers d'un

„ faſte indécent. Sa fortune ne
„ lui permit pas long-temps de
„ ſoutenir un ſi grand ton de dé-
„ penſe. Elle ſentit qu'il falloit
„ enfin réformer ſa prodigalité,
„ mais l'habitude du bien-être
„ l'emporta. Pour ſe le conſer-
„ ver, *Licoris* ne rougit point
„ de faire un trafic honteux de
„ ſes charmes. Son cœur, inca-
„ pable de connoître le ſenti-
„ ment, n'eut plus d'autre Dieu
„ que l'intérêt. C'étoit le ſeul
„ moyen de ſatisfaire ſon pen-
„ chant. Dès lors l'amant le plus
„ riche fut ſûr de la préférence,
„ & ſon offrande décidoit de
„ l'amour de cette *Lais* moder-
„ ne.

Rien ne m'a paru plus difficile
pour une jeune perſonne, que de
conſerver un maintien honnête

dans les converfations. Aujour-
d'hui l'homme aimable eft celui
qui fait débiter agréablement
une *poliffonerie*, ou voiler ingénieufement une indécence. C'eft
par une fuite de cet abus de l'efprit, que l'on fouffre dans des
maifons, j'oferois même dire les
meilleures ; des gens , qui, fans
égard pour des oreilles délicates,
fe plaifent à jouer fur des mots &
à leur donner un tour équivoque.
Si par hazard une jeune fille laiffe
échapper un fourire , en enten-
dant un propos libre , on foup-
çonne fes mœurs. Si, au contraire,
fa rougeur dénote fon embarras ,
ou fi elle veut impofer filence à
un indifcret , on leve les épaules
& elle eft jugée *bégueule* ridicule.
Lorfqu'il lui échappe une naïveté, c'eft une faufe Agnès , il

faut s'en méfier. Jufqu'à quand
les hommes feront-ils auffi injuftes ? Quoi la vertueufe *Life* eft
déshonorée pour une queftion
déplacée , lorfque cette queftion
même eft une preuve de fon heureufe ignorance ! *Nicette* en
voyant rire d'un mot hazardé ,
s'eft laiffée entraîner au torrent ,
& l'innocente *Nicette* ne doit plus
prétendre à trouver un époux ,
ou celui qu'elle choifit eft regardé comme dupe. *Bertulie* a pré-
texté un motif pour quitter un
cercle où la pudeur étoit bleffée ,
& cette prudente retraite eft taxée
de fauffe modeftie. Souvent même on ajoute qu'elle ne s'eft retirée que pour dérober aux yeux
de fes amies la trop vive impreffion qu'un difcours licencieux a
fait fur elle. Tels font les hom-

mes, toujours prompts à juger,
ils prononcent sur l'étiquette.
Sexe aimable, voyez vous-mêmes
combien il vous importe de veiller sur votre maintien. C'est peu
que votre conduite soit exempte
de reproche, que toutes vos démarches soient réglées par la prudence, si vous n'apportez encore
l'attention la plus scrupuleuse à
vous observer dans un cercle.
Une attitude, un geste, un ton
familier, un mot à l'oreille, un
air penché & nonchalant peuvent
donner un travers que rien ne
peut effacer.

,, *Arsinoé* jouit d'une fortune
,, brillante, qu'elle doit à la sage
,, économie d'un pere indus-
,, trieux, Avec peu de beauté,
,, un esprit ordinaire, quelque
,, jargon, beaucoup de coquette-

,, rie & un grand fonds de légé-
,, reté. *Arsinoé* avoit des préten-
,, tions très-étendues. Pour les
,, faire valoir, elle se lia avec des
,, femmes coquettes, & en prit
,, *gauchement* tous les travers. Se
,, croyant au-dessus des préjugés,
,, elle affectoit en public de vou-
,, loir du bien à un Cavalier,
,, qu'elle connoissoit à peine, re-
,, cevoit des visites dans un des-
,, habillé toujours élégant, mais
,, trop négligé, ou couchée non-
,, chalamment sur un sopha, elle
,, y prenoit une attitude contrai-
,, re à la bienséance. Se livrant
,, aux plaisirs, plutôt par *ton* que
,, par goût, elle couroit le bal
,, avec le premier qui lui offroit
,, la main. Cette conduite lui at-
,, tira le blâme universel, & les
,, honnêtes gens l'éviterent. Quoi-

„ que nous foyons dans un fiecle
„ où les richeffes décident du fen-
„ timent, cependant *Arfinoé*,
„ malgré fes biens immenfes, eft
„ entrée dans fon neuvieme luftre,
„ fans avoir pu trouver un mari,
„ & gémit de fe voir réléguée au
„ nombre de ces femmes qui n'ont
„ plus que le ftérile fouvenir du
„ bruit qu'elles ont fait dans le
„ monde.

CHAPITRE X.

De la Promenade.

UN véritable ami nous prouve fon attachement, lorf-
qu'il nous fait appercevoir nos
torts, & nous en reprend avec
douceur. Celui qui nous blâme
avec aigreur, & nous accable de

reproches , fans nous tracer un moyen de les éviter, eft un brutal qui ne connut jamais les loix de la tendre aménité. Loin de corriger , il rebute. Cependant ce dernier eft encore préférable à l'homme affez faux , pour applaudir à toutes nos actions. Si mon amitié pour les filles étoit moins fincere , je ne ferois que leur adulateur. Satisfait de vanter leurs charmes, j'euffe mis tout en ufage pour ériger leurs défauts en vertus. J'aurois pu par cette conduite me concilier la bienveillance de celles qui ne veulent qu'être flattées , mais j'eus été méprifable aux yeux de celles, que l'amourpropre n'a point aveuglées. J'aloux de plaire à ces filles aimables, que la raifon éclaire , je dois leur offrir la vérité fans déguifement.

Si je la bleſſois, je ſerois indigne
d'être leur ami. Juſqu'à préſent,
je leur ai parlé ſans fard ; c'eſt
donc un devoir pour moi de ne
m'écarter jamais des regles de la
ſincérité.

La promenade eſt un exercice
fait pour contribuer à la ſanté.
Rarement le ſexe enviſage-t-il
cette occupation ſous ce point de
vue. Une femme qui ſe donne en
ſpeâacle ſur les *Boulevards ,*
dans une voiture élégante, ne pré-
tend certainement point à rendre
ſa conſtitution plus robuſte. Elle
fatigue ſes chevaux, reſpire un
air corrompu ; ſouvent même dans
la crainte d'être aveuglée par la
pouſſiere, elle eſt forcée de lever
les glaces de ſon carroſſe. Une
pareille promenade n'eſt-elle pas
au contraire nuiſible à la ſanté ?
La molleſſe des équipages épaiſ-

fit les efprits, augmente les humeurs, engourdit les nerfs, &
gêne la liberté de la circulation.
Telle eft du moins l'opinion du fage Médecin de Geneve.

La mode décide prefque toujours la célébrité & le choix des
promenades. Nous avons vu tour
à tour regnet le goût des *Tuille-
ries*, du *Palais-Royal*, du *Luxem-
bourg*, des *Champs-Élifées*, du
Bois de *Boulogne* & de l'Avenue
de *Vincennes*. Tous ces endroits
ont été négligés, une efpece de
vertige s'eft emparé des Parifiens;
& les *Boulevards*, abandonnés
depuis fi long-temps au plus vil
peuple, font devenus tout à coup
fameux. Par une continuité de
délire, ces *Boulevards* qui n'é-
toient recommandables que par
l'afpect riant d'un affez beau pay-

fage , n'offrent plus que des échappées de vue ; & je ne doute pas que dans peu l'avidité de ces Marchands utiles au luxe & toujours nuifibles à la fanté & aux mœurs , ne les affimilent aux rues de certaines Villes de Hollande.

Je n'ignore point que les promenades varient d'attraits , fuivant les différens caracteres. L'homme fenfé y vient refpirer un air plus épuré & plus falubre. Cette claffe forme le plus petit nombre. Communément le plaifir de voir & la fatisfaction d'être vu , attire la foule. On va , on vient fans auçun but fixe. En paffant ; on critique le maintien , les geftes & la parure des femmes, mais plus fouvent leur conduite ; on leur prête des aventures ; on fait leur hiftoire , dont le récit eft

prefque toujours calomnieux. On
y voit encore un cercle d'hommes,
toujours occupés à régler l'État,
à forger des nouvelles, à fuppo-
fer des Lettres d'un Général, où
à blâmer fa conduite. Quelquefois on y apperçoit auffi de ces gens
atrabilaires, qui cenfurent aigre-
ment tout ce qui bleffe leurs idées
ciniques.

Dans ces Jardins fuperbes, qui
décorent la Capitale, & font l'é-
tonnement de l'Étranger, nous
courons admirer les agrémens
d'un fexe fait pour plaire. C'eft
l'aimant qui nous attire dans ces
lieux. Les femmes s'y rendent de
leur côté pour obtenir nos fuffra-
ges, & recueillir nos applaudif-
femens. Toutes font affurées que
c'eft l'endroit le plus propre à fe
faire admirer. Un Jardin public

eft ordinairemeut le rendez-vous
de la brillante jeuneffe, & l'on eft
curieux de fixer les regards du
Spectateur oifif. Mais expofé au
grand jour, la moindre imper-
fection peut être apperçue. Pour
les dérober aux yeux de la mul-
titude, que de foins ne faut-il
pas employer? La toilette d'un
jour deftiné à venir dans ces promenades, devient une fatigue
réelle. Pour paroître avec avantage, on épuife l'adreffe de la
plus célebre *Coëffeufe* ; on dé-
ploie toutes les reffources de la
coquetterie ; on choifi l'ajuftement de meilleur goût, & la ro-
be la plus galante. On veut éblouir
& fouvent après tant de peines,
il refte encore quelque crainte de
n'avoir pas réuffi. Confondre une
femme que l'on hait ; plaire à un

Cavalier sur lequel on a des prétentions, rappeller un amant prêt
à s'échapper, enlever celui d'une
amie, ou ébaucher un rendez-
vous; tel est en général l'emploi
que les femmes font de la promenade. C'est ainsi que l'on voit
chaque jour le danger éclore de
l'abus des meilleures institutions.

,, Orphise étoit une de ces fem-
,, mes galantes, qui veulent en
,, dépit de leurs rides, paroître
,, toujours jeunes. Elle avoit été
,, mariée plusieurs années après
,, sa majorité; & il y avoit vingt
,, ans qu'elle avoit donné le jour à
,, une fille, nommée *Aspasie*.
,, Pour éloigner un témoin qu'il
,, eut été impossible de récuser,
,, cette fille fut confinée dans un
,, Couvent au fond de la Provin-
,, ce. Peut-être même eut-elle été
enfevelie

,, enfevelie pour toujours dans
,, cette retraite, fans un événe-
,, ment qui la rendit à la fociété.
,, Sa mere fut attaquée de la petite
,, vérole. Ce fléau, fi redoutable à
,, la beauté, acheva de lui enle-
,, ver fes attraits. *Orphife* devint
,, *hideufe*. La contagion avoit
,, éloigné fes amis, fa laideur les
,, diffipa. Cette femme, qui ré-
,, gloit fon bonheur fur le nom-
,, bre de fes amans, fe vit tout à
,, coup abandonnée. Il ne refta
,, auprès d'elle que quelques-
,, unes de fes anciennes rivales,
,, qui triomphoient de fa diffor-
,, mité. Humilée par cette défer-
,, tion, elle étoit prête à céder à
,, fon défefpoir, lorfqu'elle fe
,, reffouvint d'avoir entendu van-
,, ter autrefois la beauté de fa
,, fille. Dès-lors elle s'empreffa

I

,, de la faire revenir auprès d'el-
,, le. Elle croyoit les charmes
,, d'*Aspasie* capables de rappel-
,, ler sa société, & se promettoit
,, même d'en retirer de nouveaux
,, agrémens. A peine cette jeu-
,, ne personne fut-elle arrivée,
,, qu'on vit *Orphise* la conduire
,, en triomphe au Spectacle &
,, aux promenades. Elle regar-
,, doit ces endroits comme un
,, théatre propre à faire paroître
,, une fille avec plus d'éclat. On
,, fut bientôt informé qu'*Orphise*
,, avoit une fille de la plus rare
,, beauté. Les hommes lui en fu-
,, rent gré, les femmes en témoi-
,, gnerent leur dépit, la foule re-
,, vint, *Orphise* triompha. *Aspa-*
,, *sie*, qui avoit supporté impa-
,, tiemment la retraite, à la-
,, quelle on l'avoit condamnée,

,, pour fe dédommager de cette
,, longue gêne , fe livra avec fu-
,, reur à toutes les impreſſions du
,, plaiſir. Guidée par une mere
,, intéreſſée à fortifier ce pen-
,, chant , entrainée elle-même
,, par un afcendant infurmonta-
,, ble , elle fe laiſſoit emporter
,, par le tourbillon , & les jardins
,, publics furent plus d'une fois
,, témoins de fes étourderies in-
,, décentes, *Afpafie* s'afficha par
,, fes écarts ; elle devint bientôt
,, un objet de mépris , & ne fut
,, plus citée que comme un op-
,, probre de la fociété.

Une jeune perfonne doit fur-
tout s'obferver avec foin dans une
promenade publique. Elle y eſt
expoſée aux regards de la multi-
tude, dont le jugement n'eſt pas
toujours rectifié par la raifon.

Par une suite d'une mauvaise
éducation, l'homme est enclin à
mal juger des femmes. Une démarche ou trop assurée ou trop
indolente, une contenance étourdie, un rire indiscret donnent
souvent des idées fausses qui font
faire des applications malignes.
L'homme sage, retenu par les
déférences qu'il doit à un sexe aimable, ne se hâte jamais de juger
une femme sur les apparences ;
mais celui qui n'a aucun égard
pour cette précieuse portion de la
société, saisit avec avidité le
moindre jour qui peut autoriser
des idées mal conçues. Il en est
encore qui font métier de tourner les femmes en ridicule, qui
ne se plaisent qu'à les calomnier,
& à leur faire un crime des actions
les plus ordinaires. Cette derniere

espece n'est pas le moins à craindre. Sans cesse à l'affut, ils épient
continuellement l'occasion d'exercer leur humeur satyrique, & le
plus léger indice est une autorité
suffisante pour lâcher la bride à
leur méchanceté. Le seul moyen
d'imprimer du respect, même au
plus libertin, est d'avoir un maintien décent & une démarche aisée
sans affectation, un air grave,
mais sans morgue, & le regard
modeste, sans être embarrassé.
Une fille doit sur-tout faire peu
d'attention à ce qui se dit à côté
d'elle. Les jeunes gens, pour
connoître une jeune personne, &
pouvoir démêler son inclination,
hazardent d'abord dans leurs conversations des discours un peu libres ; s'ils voient cette jeune personne y prêter une oreille atten-

tive., alors le propos devient plus licencieux , & souvent il dégénere en un style capable de faire rougir la femme la plus libre.

Rien n'est plus facile que d'éviter les dangers qui peuvent se rencontrer dans les promenades publiques. La moindre attention suffit pour s'en préserver. Mais qu'il est mal aisé de fuir le péril qui se rencontre dans les parties de campagne, & pour tout autre qu'un Philosophe , les champs ont une uniformité monotone , qui deviendroit ennuyeuse , sans une nombreuse société. La liberté qui règne dans ces sortes de promenades , empêche une jeune personne de tenir son cœur en garde contre les événemens. L'ame , remuée par la joie , n'est occupée que du plaisir. Le silence des bois

infpire une certaine langueur qui
nous prépare à recevoir les plus
tendres impreffions. Un amant
fait prefque toujours mettre à
profit l'occafion, & fouvent au retour de ces promenades, il refte
bien peu de chemin à faire pour
oublier fon devoir.

,, Depuis long-temps *Lindor*
,, brûloit pour *Clarice*. Il lui
,, avoit fait en tremblant l'aveu
,, de fon amour. Il mettoit tout
,, en ufage pour lui prouver fa
,, tendreffe. *Clarice* étoit fenfi-
,, ble à fes foins, fon cœur en
,, étoit touché; mais, attentive à
,, s'obferver, elle fe conduifit
,, toujours avec tant de retenue,
,, qu'il lui fut impoffible de dé-
,, couvrir les tendres fentimens
,, qu'il lui avoit infpiré. *Lindor*
,, fe croyoit le plus infortuné de

,, tous les hommes. Il gémiſſoit
,, des rigueurs de ſon amante.
,, Chaque jour il faiſoit des efforts
,, inutiles pour éteindre un amour
,, qui le rendoit malheureux. Un
,, regard de *Clarice* l'engageoit
,, plus fortement. *Lindor*, depuis
,, près d'un an, travailloit à vain-
,, cre la feinte indifférence de
,, *Clarice*; mais cette jeune per-
,, ſonne prenoit tant de ſoin de
,, lui dérober tous les mouvemens
,, de ſon cœur, que cette conduite
,, le mettoit au déſeſpoir. Le ha-
,, zard fit enfin connoître à *Lin-*
,, *dor* qu'il avoit ſu plaire à *Cla-*
,, *rice*. Les amis qui compoſoient
,, ſa ſociété, propoſerent une pro-
,, menade au Bois de *Boulogne*.
,, La mere de *Clarice* l'accepta,
,, & *Lindor* fut de la partie. On
,, s'égara dans le bois; *Clarice*,

,, fensible aux reproches de son
,, amant, fit l'aveu de l'impreſſion
,, qu'il avoit fait ſur ſon cœur.
,, *Lindor* fut heureux & devint
,, inconſtant. *Clarice* s'apperçut
,, trop tard de ſa faute. Elle re-
,, gretta cette heureuſe retenue ,
,, qui avoit conſervé ſon inno-
,, cence ; il n'étoit plus temps.
,, Plus fenſible à la faute qu'elle
,, avoit faite qu'à la légéreté de
,, *Lindor*, elle ne pouvoit plus
,, ſoutenir les regards de ſa fa-
,, mille. Elle regardoit ſes amis
,, comme des témoins de ſa hon-
,, te, & croyoit que tout le mon-
,, de liſoit ſon déshonneur ſur
,, ſon front. Enfin ne pouvant
,, plus réſiſter à ſes remords elle
,, alla s'enſevelir dans une re-
,, traite pour y pleurer ſa foi-
,, bleſſe.

I v

CHAPITRE XI.

Du Spectacle.

ON a tant écrit depuis quelque temps pour & contre les Spectacles, que je devrois passer cette article sous silence. Cependant qu'il me soit permis de risquer ici quelques réflexions. Ma qualité de portion du Public, me donne droit d'avoir ma façon de penser, ainsi que le reste des hommes.

Les deux partis ont défendu leur sentiment avec une chaleur opiniâtre, & après plusieurs repliques, il n'est resté que des doutes dans l'esprit des Lecteurs. On fut d'abord ébloui des paradoxes séduisans du premier Auteur du renouvellement de cette querelle. Le captieux de fes raifonnemens lui attira une foule d'admirateurs ; le bandeau de l'illufion étant tombé, on apperçut fes fophifmes, & fes plus zélés fectateurs déferterent de fes étendards, pour fe ranger du côté de fes adverfaires. Mais pourquoi les Écrivains qui l'ont combattu, fe font-ils annoncés fous le nom de *Comédiens* ? C'eft donner lieu à des foupçons de partialité. C'eft donner fujet à nombre de *gens*, incertains du parti qu'ils devoient embraffer, de croire que la caufe des Spectacles n'a été défendu avec tant de feu, que par un principe d'*intérêt perfonnel*. Un Sage n'eut employé que la modération, pour répondre à ce nouveau détracteur de théatre. Après avoir

démontré le faux de son raisonne-
ment, il eut fallu convenir également des inconvéniens du Spectacle, & en relever les avantages. Il auroit été nécessaire d'examiner ensuite si de ces deux oppo-
sitions, il en naissoit une utilité
réelle ou un danger manifeste,
alors on auroit pu prononcer har-
diment si les Spectacles étoient
avantageux dans tout Royaume
policé.

Le Citoyen de Geneve annonce
dans le commencement de son
Ouvrage, que son premier but
étoit seulement de prouver que
l'établissement d'un Spectacle dans
sa Patrie, étoit d'une conséquen-
ce infinie pour les mœurs de ses
Compatriotes. S'il se fut renfer-
mé dans ces bornes, il eut certainement emporté tous les suffra-

ges. La beauté de sa diction &
son éloquence lui avoient conci-
lié les applaudissemens universels.
Sa modération auroit achevé de
lui gagner l'estime publique. Il
auroit même fallu renoncer à la
raison pour lui faire un crime de
son discours, si toutes ses réflexions
se fussent uniquement rappor-
tées à son premier objet. Mais
prétexter les inconvéniens du
Spectacle dans une petite Répu-
blique, pour sapper un établissement autorisé dans une grande
nation par le Souverain, insulter un
peuple dont il a été accueilli avec
bonté, & qu'il doit compter au
rang de ses bienfaiteurs ; prodi-
guer des épithetes injurieuses aux
Dames Françaises, dont les étrangers respectent les mœurs, c'est
déroger à la modération qui fait

l'essence du Sage ; c'est éteindre
le flambeau de la Philosophie pour
allumer la torche du fanatisme.

Je sais qu'un *amusement inutile*
est un mal pour l'homme , dont la
vie est si courte & le temps si pré-
cieux. Mais doit-on ranger les
Spectacles au rang des inutilités
dangereuses ? Personne n'ignore
qu'en France la Scene est épurée ,
& que les Loix n'autorisent la re-
présentation d'un *Drame* , qu'autant qu'il tend à inspirer le goût
de la vertu & l'horreur du vice.
Tout ce qui blesse la décence est
banni du théatre de la nation. *Le*
Citoyen de Geneve en étoit ins-
truit , pourquoi donc a-t-il feint
de l'ignorer ? Je ne m'étendrai
pas davantage sur un objet qui a
exercé tant de plumes. Mon but
dans cet Ouvrage est d'être de

quelque utilité aux filles ; en dif-
cutant une matiere prefque épui-
fée , je m'éloignerois trop de mon
fujet ; j'y reviens donc.

Si tous les Spectacles tendoient
également à former les mœurs ,
à rappeller le vicieux aux principes de la raifon, ils ne pourroient
jamais être trop multipliés. Toute inftitution , qui peut contribuer
à rendre l'homme meilleur, doit
être autorifée & même encouragée. Les abus , qui fe font gliffés
dans un ufage , ne font pas toujours des raifons fuffifantes pour
l'abolir.

Le Théatre Français, purgé du
fel groffier & de la licence qui
regnoit dans fes premiers Poëmes,
peut être regardé aujourd'hui
comme une école de vertu. Il deviendroit encore plus utile à nos

mœurs, si nos Poëtes s'occupoient plus particuliérement à y mettre la morale en action. Une jeune personne qui va à ce Spectacle peut y gagner beaucoup, lorsque ce n'est point l'envie de se faire voir qui l'y attire. En s'occupant de ce qui se passe sur la Scene, en prêtant une oreille attentive au début des Acteurs, elle remarque les maximes sentencieuses, dont un *Drame* est rempli, ne perd point de vue le but de l'Auteur, qui est toujours d'inspirer le goût de la vertu, & l'horreur du vice. Rendue à elle-même, la réflexion lui aide alors à développer des principes moraux, dont elle peut faire une sage application. La vertu récompensée, le vice puni font naître dans son cœur l'amour de la sagesse, & lui servent à ré-

gler fa conduite par des motifs
vertueux. Elle y apprend encore
à être prudente & à connoître les
hommes.

L'*Opéra* n'a pas ces mêmes
avantages. J'oferois même dire
qu'il n'eſt peut-être point de ſpec-
tacles plus dangereux pour les
mœurs d'une fille. La plupart
des poëmes ſont des hymnes à
l'amour, miſes en action. Ce Dieu
y paroît toujours vainqueur des
plus grands hommes de l'antiquité, On n'y célebre que ſa puiſ-
ſance, ſa gloire & ſes triomphes.
Le Héros y eſt efféminé, & la
morale de ces Opéra ne reſpire
qu'une molle tendreſſe qui irrite
nos paſſions. La muſique y contribue à amollir le cœur, les at-
titudes voluptueuſes de la danſe
achevent d'énerver l'ame, & lui

font souvent éprouver des senfa-
tions qui peuvent avoir des fuites
criminelles.

L'Acteur qui emporte le plus
de suffrages à la *Comédie Italien-
ne*, n'a pas toujours les postures
les plus décentes. On l'entend dans
les farces de ce Théatre, hazarder quelquefois des difcours contraires à l'honnêteté. Un *Arle-
quin balourd* rifque fouvent un
mot licencieux, ˜fous prétexte
d'une naïveté. Ce fpectacle, il
eft vrai, fe rapproche davantage
du Théatre Français dans fes autres Pieces ; cependant les Auteurs s'y permettent encore des
libertés qui font bannies fur le
Théatre de la Nation.

Si je parois peut-être trop rigo-
rifte aux yeux de quelques lecteurs, en blâmant ainfi deux de

nos Théatres, fans doute je paf-
ferai pour un Cenfeur atrabilaire,
en attaquant le Spectacle Forain
de l'*Opéra Comique*. Cependant
j'ai entendu nombre de gens, peu
fcrupuleux de leur affiduité au
Théatre Français, applaudir à la
fageffe du Gouvernement, lorfque celui de la Foire fut aboli.
L'équivoque fait ordinairement
le mérite des Pieces que l'on y
joue; & les gens fenfés eftiment
peu un Auteur qui proftitue fa
Mufe à la Foire. ,, Si je voulois
,, vaincre la vertu d'une fille, me
,, difoit *Arifte*, je la conduirois
,, pendant quelques jours à l'O-
,, *péra Comique*, & je fuis affuré
,, que je triompherois bientôt de
,, fes fcrupules. `` Après cela,
que peut-on penfer de ce Spectacle ? Que j'applaudis avec joie à

ces meres vertueufes qui ont affez de délicateffe pour l'interdire à leur fille, & qui rougiroient d'y paroître elles-mêmes.

Depuis long-temps le Théatre Français, fi nous en exceptons des voifins jaloux, eft en honneur chez tous les Étrangers. Il eft peu de Cours en Allemagne, & dans le Nord, où l'on ne joue des Pieces Françaifes. Nous voyons même chaque année nos premiers Acteurs attirés dans ces Cours par les bienfaits des Souverains. Malgré les reproches que les Italiens font aux Français, que leur Poéfie n'eft autre chofe qu'une rime cadencée, ils font les premiers à admirer nos Auteurs. Leur plus grand Poëte, le célebre *Metaftafio*, n'a point fait de difficulté de s'approprier les beautés des *Cor-*

ñeille & des *Racine* dans fes meilleurs Poëmes.

Il eſt certain que le Théatre Français peut apporter un avantage réel dans l'efprit & dans le cœur d'une jeune fille. Mais il faut pour cela s'y obferver avec autant de foin que dans les promenades. Sa conduite y doit être la même. Toutes les affemblées publiques exigent nos refpects. Ne fe rendre au Spectacle que pour s'y faire admirer, c'eſt un ridicule qui apprête à rire à nos dépens. Étre attentive au récit d'un Poëme, c'eſt, au contraire, un moyen fûr d'en remarquer toutes les beautés de détail. Le cœur alors fe remplit de traits lumineux, qui, mis en pratique, peuvent nous guider dans nos démarches. La pureté du langage contribue en-

core à nous rendre intelligibles
dans la converſation, & nous donne des termes choiſis qui annon-
cent une éducation recherchée.
L'action nous inſtruit descoutumes
de l'Antiquité, des mœurs & du
caractere des plus fameux Héros ;
enfin en riant dans la Comédie
d'un ridicule perſonnage, ou en
concevant de l'horreur d'un caractere vicieux, nous prenons inſenſiblement le goût du vrai & de la
vertu.

Si j'applaudis à l'inſtitution des
Théatres, ce n'eſt que dans le
cas où les Pieces tendent toutes à
la perfection des mœurs, ou du
moins doivent y tendre. J'en ban-
nis généralement toutes les Pieces libres, celles dont on ne peut
tirer une moralité. Mais je ſuis
bien éloigné d'approuver ces pe-

tits Théatres de société, où la vertu court un danger manifeste.

Ce goût eft devenu général depuis quelque temps, & il eft actuellement peu de maifons, dans lefquelles on ne repréfente chaque année au moins une ou deux Comédies. On fait un crime à une jeune perfonne d'affifter à un Spectacle public; & la mere, la moins raifonnable fur cette article, lui permettra de fe charger d'un rôle dans une *Comédie Bourgeoife*. Il n'eft point cependant d'écueil plus redoutable pour la vertu d'une jeune perfonne; j'oferois même dire que le péril eft certain, & prefqu'inévitable. On regarde cette occupation comme un amufement innocent; l'amour-propre, flatté de voir briller les talens d'une jeune fille, fait naître l'indulgence pour ces fortes de plaifirs. De combien de regrets une mere n'a-t-elle pas fouvent payé fa foible condefcendance ?

Une fociété de jeunes gens obtient la permiffion de jouer une Comédie. Les rôles fe diftribuent fous prétexte de concerter un jeu de Théatre, les vifites deviennent plus fréquentes. Une mere, occupée par des foins domeftiques, néglige de veiller fur fa fille. Infenfiblement la confiance s'établit, le rôle autorife certaine familiarité, on devient plus libre, & cette liberté engendre fouvent un commerce dangereux. Les répétitions fe font chez une amie, on la connoît affez pour lui confier fa fille ; mais cette amie, occupée chez elle par des affaires perfonnelles, ne peut porter fon attention

tion fur les jeunes perfonnes qui lui ont été confiées, & fouvent fon peu d'expérience lui infpire une fécurité qui devient funefte. Sous prétexte de la petiteffe d'un Théatre, on écarte les *Mamans*. On répete alors plus librement dans les couliffes certaines liber- tés que la Piece autorifoit en pu- blic. Une jeune fille n'a plus de furveillant dont l'œil la raffure. Elle prête l'oreille à des propos féducteurs. Les hommes font en- treprenans, & la perte de l'inno- cence eft fouvent la cataftrophe ignorée d'une Comédie Bour- geoife.

K

CHAPITRE XII.

De l'Amour.

L'Amour est un bien, lorsque la prudence & la raison l'autorisent, mais il devient un mal réelle, lorsqu'il n'a point d'autre guide que le caprice. Ce sentiment agite, trouble l'ame, & l'entraîne malgré elle. On le ressent tous les jours, sans pouvoir le définir. Son origine est inconnue, mais les effets n'en sont pas moins dangereux. C'est un trait qui vole avec impétuosité. Il frappe si violemment qu'il atterre. On ne peut parer les coups qu'il porte, parce qu'il est impossible de les prévoir. Ses aiguillons percent l'ame & blessent la réputation. Il

hébête l'homme & l'appéfantir.
S'il nous offre quelquefois des
douceurs, il nous caufe plus fouvent de vifs chagrins. De combien
de remords n'eft-il pas fuivi ?
» Malheureux amour, s'écrioit
» *Virgile*, à quel excès ne por-
» tes-tupas les hommes ? " En effet, que de maux n'a-t-il pas en-
gendré ? La haine, la jaloufie &
la fureur en font les triftes fuites.
On voit tous les jours cette funefte
paffion brifer les liens du fang &
de la tendre amitié. Lorfque nous
en fommes affectés, l'oubli des
devoirs les plus faints nous fait
facrifier fans fcrupule la vertu au
defir de plaire à un objet fouvent
méprifable.

Il eft un âge heureux, où l'on
ignore également les dangers &
les agrémens de l'amour. Mo-

mens fortunés où les plaisirs font
purs, & les amusemens innocens;
où l'homme, satisfait des jeux puériles de l'enfance, ne conçoit pas
même l'idée d'aucun autre plaisir,
& où toutes ses occupations se
réduisent à chercher les moyens
de captiver la tendresse de ses
parens. Le cœur jouit alors d'une
tranquillité inaltérable. Si l'on est
sensible à quelque chose, c'est
à la crainte de perdre l'amitié d'un
pere respectable & d'une mere
chérie. Mais que ces instans s'é-
coulent rapidement ! de l'état le
plus tranquille & le plus parfait,
on passe tout à coup sous l'empire
tumultueux des passions. Nous
formons des desirs, sans pouvoir
rendre compte des impulsions de
notre ame. Nous nous fixons à
un objet, que le hazard offre à

notre vue, fans pouvoir déterminer les raifons qui nous y attachent. Nos actions, nos démarches, nos penfées mêmes fe rap-
portent à lui. Sa préfence nous
fait éprouver une fenfation déli-
cieufe. Son abfence nous rend
triftes, rêveurs & inquiets. La plus
légere contradiction porte le trouble dans notre ame. Les fages
repréfentations d'un ami, contraires à nos vues, nous rempliffent
d'aigreur & de reffentiment. Le
moindre obftacle à nos deffeins,
mille autres chofes peut-être plus
frivoles, & dont nous rougiffons
lorfque notre défordre eft paffé,
nous mettent hors de nous-mêmes.
Nous ne connoiffons plus cette
joie pure, cette heureufe tranquillité qui faifoient toutes nos délices. Nous fommes tour à tour

agités par la crainte ou l'espoir, & consumés par un feu intérieur qui suspend toutes nos facultés. Nous ne connoissons d'autre bonheur que la possession de l'objet qui nous affecte ; le reste nous est indifférent.

Jeunes filles, que votre cœur doit être en garde contre cette passion ! votre bonheur en dépend. Une affection mal placée, influe presque toujours sur le reste de la vie. Les hommes cachent souvent de pernicieux desseins sous les plus belles apparences ; & le plus honnête homme s'écarte quelquefois en amour des loix de l'honneur.

Les filles sont nées avec un fond inépuisable de tendresse, la mollesse de leur éducation contribue à faire fomenter ce levain.

Le langage des Amans est séduc-
teur. Ils possédent presque tous
l'art dangereux de caresser la vanité des femmes. On persuade
aisément, lorsque l'on sait intéresser l'amour-propre. Pour plaire
à un objet aimé, il suffit souvent
de flatter à propos ses goûts.
L'homme est un *Prothée* qui sait
prendre toutes les formes, & plier
son caractere suivant l'occasion.
Pour assurer ses succès, il emploie
indifféremment les soins, les larmes, les soupirs & les sermens.
Et combien de fois se parjure-t-
il, au moment même qu'il promet d'être fidele ? Une jeune personne, sans autre guide qu'un
cœur tendre & sensible, est bientôt la victime de cette fausse sincérité. Nous sommes tous portés
à la reconnoissance, le commerce

du monde affoiblit ce fentiment ,
mais il ne le détruit point. Dans
la fociété , nous déteftons la noir-
ceur de l'ingratitude. En amour
les femmes chériffent encore un
ingrat.

» *Alcimadure* jouiffoit d'une
» heureufe tranquillité. Son cœur
» n'avoit jamais été troublé par
» l'amour. L'exemple de plu-
» fieurs de fes compagnes , vic-
» times de l'inconftance , lui fai-
» foit craindre un fort pareil à
» celui de ces infortunées. Vai-
» nement fes charmes avoient en-
» chaîné tous les bergers d'alen-
» tour ; infenfibles à leurs foupirs ,
» *Alcimadure* rejettoit leur hom-
» mage. Les chanfons du tendre
» *Mirtil* ne pouvoient la tou-
» cher. Elle avoit refufé un ag-
„ neau du jeune *Palémon*. Son

,, indifférence étoit le prix dont
,, elle payoit les foins qu'*Hilas*
,, prenoit de fes troupeaux. Elle
,, avoit brifé une houlette que lui
,, avoit préfentée *Daphnis. Lici-*
,, *das* méprifé, avoit fuccombé
,, fous le poids de fa douleur.
,, Les vieillards du hameau ap-
,, plaudiffoient à la prudence de
,, cette bergere. Ses amans gé-
,, miffoient de tant de cruautés.
,, Les hêtres étoient chargés de
,, guirlandes de fleurs, fon nom
,, étoit gravé fur leurs écorces;
,, on lifoit par-tout qu'*Alcima-*
,, *dure* étoit belle, mais inhu-
,, maine. *Coridon* parut, *Alci-*
,, *madure* oublia fa fierté. Il fit
,, l'aveu de fon amour, elle n'en
,, fut point offenfée, & l'heureux
,, berger vit fa tendreffe payée
,, de retour. Mais trop léger pour

,, être long-temps fixé auprès d'un

,, même objet, il sacrifia bientôt

,, *Alcimadure* à une nouvelle

,, beauté. Occupé des attraits

,, naissans d'*Aglaé*, il médite sa

,, conquête, & ne se souvient

,, plus de la tendre *Alcimadure*.

,, Cette infortunée bergere aime

,, encore le perfide *Coridon*. Elle

,, gémit de son inconstance. En

,, vain elle voudroit le haïr ; le

,, trait qui la blesse la suit en tous

,, lieux, & *Coridon*, quoiqu'in-

,, grat, a toujours les mêmes

,, charmes.

L'amour adoucit le caractere
le plus farouche, me disoit *Doris*, il inspire des sentimens modé-
rés qui rendent l'homme aimable. Oùi, *Doris*, vous avez raison, l'amour est un bien, lorfqu'il est fondé sur des principes

vertueux. Un amant alors n'a que des vues louables, parce qu'il respecte les mœurs de l'objet aimé. Mais combien en est-il parmi votre sexe qui puissent se flatter d'inspirer ce respect. L'homme qui veut plaire, cherche d'abord à se rendre estimable. Une jeune personne s'abusant sur ce qu'elle éprouve, regarde l'amitié qu'elle accorde comme une simple justice qu'elle devoit au mérite. Dans cette sécurité, elle ne prend aucune précaution pour défendre son cœur des impressions de l'amour. Le passage de l'estime à la tendresse est un pas fort glissant, & souvent l'on ne s'apperçoit du chemin que l'on a fait, que lorsqu'il est impossible de retourner en arriere. Un amant reconnoît aisément les progrès qu'il fait dans un cœur. C'eft alors qu'il met tout en ufage pour obtenir bien plus qu'il ne devroit préten-dre ; & combien de fois oublie-t-on qu'on devroit ne pas l'écou-ter ?

Pour conferver fon cœur , une jeune perfonne devroit avoir fans ceffe devant les yeux , que les hommes fe font fait une efpece de mérite de la féduction. Un amant eft toujours timide, lorfqu'il fait l'aveu de fa tendreffe , il eft enco-re quelque temps foumis & ref-pectueux ; mais il devient bien-tôt entreprenant , lorfqu'il eft fûr de plaire. Un jeune cœur , alors fans défenfe , céde au plaifir qui l'entraîne , la vertu n'eft plus qu'une chimere ; fouvent l'oubli du devoir infpire le mépris de la utation. Uniquement occupé de son amour, on sacrifie tout à l'objet aimé, & l'on ne croit pas encore assez faire, quand on a fait plus qu'on ne devoit. Lorsque cette erreur se dissipe, on est en proie à des remords qui portent le trouble dans l'ame ; on pleure ses foiblesses, on voudroit se cacher à soi-même sa honte & son déshonneur ; mais on le tente en vain. Au milieu des plaisirs, le souvenir douloureux de nos égaremens vient empoisonner notre joie, & tout se présente à nos yeux sous une forme triste & languissante. La vertu dans ces momens nous paroît odieuse, nous cherchons à nous dérober à son éclat. Nous désirerions que tous ceux qui nous approchent eussent cédé à l'aveugle passion qui nous a écarté des voies de la sagesse. Tel eft l'état d'une jeune perfonne, lorfqu'elle a tout facrifié à l'amour. Son cœur ne veut alors que des complices, & fouvent elle tend des pieges à l'innocence de fes amies, & les entraîne avec elle dans le précipice.

„, *Mandane* étoit aimée de *Do-* „ *rilas.* La naiffance & les ri- „ cheffes de ce dernier paroiffent „ d'abord un obftacle à leur union. „ Mais ces deux amans étoient „ dans la perfuafion que l'amour „ fait rapprocher tous les états, „ & applanir toutes les difficultés. „ Enivrés l'un & l'autre du plai- „ fir de fe voir, & de fe jurer l'a- „ mour le plus tendre, ils ne s'oc- „ cupent que de leur fentiment; „ & le refus abfolu du pere de „ *Dorilas* ne leur paroît qu'un lé- „ ger obftacle facile à furmonter.

„ Dans un de ces momens où
„ le cœur épanche fa tendreffe,
„ *Dorilas*, emporté par la force
„ de fa paffion, oublie le refpect
„ qu'il avoit juré à *Mandane*. Le
„ feu de la volupté brilloit dans
„ fes regards. Il les fixe tendre-
„ ment fur fon amante. Elle eft
„ elle-même dévorée d'un feu
„ femblable ; fa vertu combat
„ encore, mais l'amour eft bien-
„ tôt vainqueur. Toute entiere à
„ fa paffion, elle ne voit plus que
„ fon amant, & cede à fes defirs.
„ Dans cette ivreffe produite par
„ le tumulte des fens, elle croit
„ être au comble du bonheur. Le
„ retour de fa raifon fait évanouir
„ ces charmes trompeurs ; elle
„ fent toute l'étendue de fa fau-
„ te, & forme la réfolution d'évi-
„ ter une feconde chûte ; il n'eft

,, plus temps, *Dorilas* eſt maî-
,, tre de ſon cœur. Un regard de
,, cet amant diſſipe ces projets,
,, & chaque jour *Mandane* s'éga-
,, re de nouveau.

,, L'amour ſatisfait eſt bien-
,, tôt · ſuivi d'un dégoût; après
,, avoir langui, il s'évanouit en-
,, tiérement; & rien alors ne peut
,, rallumer ſes feux. *Dorilas*
,, éprouve la vérité de cette maxi-
,, me. La beauté de *Mandane* n'a
,, plus pour lui les mêmes attraits.
,, Ces petits riens, qui ſont pour
,, les amans d'un prix ineſtimable,
,, lui paroiſſent fades & inſipides;
,, Il éprouve un vuide qu'il n'a
,, jamais reſſenti. Les tendres ca-
,, reſſes de *Mandane* l'importu-
,, nent, ſon empreſſement lui eſt
,, à charge. Il eſt rêveur & diſ-
,, trait. Allarmée de cette froi-

,, deur. *Mandane* lui en fait de
,, tendres reproches, il y paroît
,, fenfible dans le moment. Son
,, amour jette encore quelques
,, lueurs, mais elles difparoiffent
,, bientôt. Il fe reproche lui-mê-
,, me cette indifférence. En vain
,, il cherche auprès de fon amante
,, cette félicité qu'il avoit goûtée
,, autrefois, il ne peut la retrou-
,, ver. Son cœur n'a plus rien à
,, defirer. Dans cette fituation,
,, il reçoit un ordre de fe rendre
,, auprès de fon pere. Peu de
,, jours avant, une pareille nou-
,, velle l'auroit mis au défefpoir;
,, mais tout eft changé. *Dorilas*
,, apprend fon départ à *Mandane*
,, avec tranquillité; il lui repré-
,, fente la néceffité où il étoit de
,, fe foumettre aux volontés d'un
,, pere, dont fa fortune dépendoit.

„ *Mandane* ne peut foutenir l'idée
„ de cette féparation. Ses larmes,
„ fes foupirs expriment toute fa
„ douleur. Pour l'appaifer, *Do-*
„ *rilas* lui jure de revenir bien-
„ tôt plus amoureux que jamais,
„ mais ce ferment étoit plutôt
„ l'effet de l'habitude que du fen-
„ timent. *Mandane* eft inconfo-
„ lable du départ de *Dorilas.*
„ Livrée à elle-même, l'image
„ de fon amant fe retrace à fes
„ yeux avec de nouveaux char-
„ mes, elle fe flatte de le revoir,
„ mais bientôt l'illufion s'évanouit.
„ Elle apprend que *Dorilas*, par-
„ jure à fes fermens, a époufé
„ une riche héritiere. Cette nou-
„ velle lui fait fentir toute l'im-
„ prudence de fa conduite. Au
„ défefpoir de l'ingratitude de
„ *Dorilas*, elle veut s'en venger.

,, Enfin , après bien de combats ,
,, elle oublie cet amant perfide.
,, Mais *Mandane* en proie à ses
,, remords , est dévorée par son
,, ressentiment. Consumée par un
,, chagrin intérieur qui la mine ,
,, elle supporte impatiemment
,, l'éloge de la vertu. L'aspect
,, d'une jeune personne , encore
,, insensible aux impressions de
,, l'amour, est pour elle un suppli-
,, ce cruel. Elle lui fait un crime
,, de sa tranquillité, fruit précieux
,, d'une heureuse innocence. Pour
,, alléger ses peines , *Mandane*
,, croit devoir chercher une con-
,, fidente , mais elle craint de
,, rencontrer un censeur rigide.
,, Pour prévenir des reproches
,, amers , elle se détermine à
,, choisir une amie, dont le cœur
,, soit sensible à l'amour. *Amélie*

,, lui paroît propre à cette con-
,, fidence. Elle avoit remarqué
,, que cette jeune perſonne aimoit
,, tendrement *Théodore*, & *Man-*
,, *dane* croyoit qu'on ne pouvoit
,, aimer ſans être foible. *Amélie*
,, ſimple & ingénue, lui avoue
,, ſa tendreſſe ; *Mandane*, pour
,, en ſavoir davantage, queſtion-
,, ne ſon amie, & apprend avec
,, ſurpriſe qu'*Amélie* eſt encore
,, dans une heureuſe ignorance.
,, Cet aveu augmente ſon dépit.
,, C'étoit un reproche ſecret de
,, ſon imprudence, & ce repro-
,, che r'ouvroit une bleſſure que
,, la raiſon auroit du guérir. Elle
,, regarde la candeur d'*Amélie*
,, comme un outrage, & veut la
,, rendre complice de ſon égare-
,, ment. *Amélie* chériſſoit tendre-
,, ment *Théodore*. La crainte de

„ perdre son amant l'avoit fait
„ résister à ses empressemens.
„ Mais *Mandane* lui peint les
„ plaisirs de l'amour sous des
„ traits si séduisans & avec tant de
„ feu, qu'*Amélie*, abusée par
„ cet artifice, cede aux soins de
„ son amant. *Mandane* s'applau-
„ dissoit de ce triomphe, lors-
„ qu'elle apprit qu'*Amélie* avoit
„ été surprise entre les bras de
„ *Théodore*, & que sa famille,
„ sensible à cette affront, avoit
„ forcé cet amant de réparer cette
„ injure : qu'*Amélie* avoit avoué
„ que sa foiblesse étoit l'ouvrage
„ des conseils pernicieux d'une
„ amie, & que cette amie étoit
„ *Mandane*. Cette derniere, au
„ désespoir de voir sa honte de-
„ venue publique, alla se cacher
„ dans une de ces retraites fon-
„ dées pour le repentir.

CHAPITRE XIII.

De l'usage des talens.

LES hommes ne voient ordinairement en nous que les
vertus ou les défauts que leur pré-
vention imagine. Le plus ou le
moins de talens décide souvent
leur jugement. Combien de fois
les a-t-on vu préférer une femme
qui n'avoit d'autre mérite qu'une
voix agréable, à celle qui ne savoit qu'être vertueuse. La vertu
est sans doute un trésor précieux.
Toute réputation, qui n'est point
fondée sur ce principe, ressemble
à un bâtiment élevé sur le sable,
que la moindre secousse peut faire écrouler ; mais la vertu n'ex-
clut point les talens. Elle apprend,

au contraire, à en faire un bon
ufage, & cet ufage fert alors à
répandre plus d'agrément dans
la fociété. Ils font même un moyen
affuré de fe concilier l'eftime publique, lorfqu'on les emploie avec
prudence, & qu'ils n'infpirent
pas un fot orgueil.

Faire ufage des talens que nous
devons aux foins généreux de nos
parens; c'eft leur donner des témoignages publics de notre reconnoiffance, c'eft leur payer le tribut de l'éducation que nous avons
reçu d'eux, & remplir leurs vues
& nos devoirs. Nous nous rendons, au contraire, coupables envers eux de la plus noire ingratitude, lorfque nous cherchons à
dérober à la fociété des talens que
nous tenons de leurs bienfaits. La
nature, quoiqu'on en dife, a gra-

vé dans le cœur de tous les hommes une certaine senfibilité pour
un bienfaiteur. Nos parens font
certainement ceux à qui nous
avons le plus d'obligation. C'est
à leur générofité que nous fommes
redevables de ces qualités , qui
nous font rechercher avec empreffement. C'est de leurs bienfaits
que nous tirons notre mérite. Ils
n'ont rien épargné pour cultiver
les dons heureux que nous avons
reçus de la nature ; c'est donc à
nous à faire éclater hautement
notre gratitude , autrement nous
nous rendons condamnables.

Il n'est aucun talent que l'on
doive négliger , tous ont leur utilité. La danfe devient un exercice
falutaire , lorfqu'elle n'est point
pouffée à l'excès. La mufique est
un art agréable , qui répand de
nouveaux

nouveaux charmes dans la fociété.
L'étude inftruit fur les événemens
les plus intéreffans de l'Hiftoire,
& l'économie apprend à régir
prudemment les biens que nous
tenons de la fortune. Cultiver
tour à tour ces talens, c'eft le
moyen d'en retirer un très-grand
avantage. Donner à un feul une
préférence exclufive à tous les autres, c'eft en faire un métier. Les
négliger entiérement, c'eft fe rendre inutile dans le monde.

L'indolence contribue beaucoup au peu de foin que l'on apporte à faire ufage de fes talens.
On attribue prefque toujours à la
timidité, ce qui eft l'effet de la
pareffe. Cependant cette noncha-
lance eft encore plus tolérable,
que cet amour-propre qui nous
fait tout rapporter à nous-mêmes.

L

La plupart des femmes n'exercent leurs talens que pour se faire
des admirateurs, les yeux fixés
sur un cercle, elles cherchent des
applaudissemens, & jugent ordinairement du mérite d'un homme
par les louanges qu'elles en reçoivent.

,, *Timarette* & *Palmire* sont
,, nées de parens vertueux, qui
,, leur donnerent une égale édu-
,, cation, & n'épargnerent rien
,, pour cultiver leurs talens. *Ti-*
,, *marette* étoit d'un caractere
,, doux & affable, qui lui conci-
,, lioit l'amitié de tous ceux dont
,, elle étoit connue. Les agrémens
,, d'une voix mélodieuse qu'elle
,, savoit conduire avec art, fai-
,, soient les délices de tous ceux
,, qui l'entendoient. Lorsqu'elle
,, paroissoit dans un bal, elle

,, remportoit tous les suffrages par
,, la noblesse de sa danse. *Tima-*
,, *rette*, toujours modeste, n'é-
,, toit sensible à ces éloges, que
,, parce qu'ils lui retraçoient les
,, bienfaits de ses parens.

,, *Palmire*, dont la hauteur &
,, la vanité étoient les caracteres
,, dominans, avoit des préten-
,, tions plus étendues. C'étoit à
,, elle-même qu'elle rapportoit
,, les applaudissemens que l'on
,, donnoit à ses talens. Quoique
,, ces applaudissemens fussent sou-
,, vent mendiés, *Palmire* les re-
,, gardoit comme un tribut légi-
,, time. La nature avoit été plus
,, avare envers elle qu'envers sa
,, sœur. Les progrès rapides de
,, *Timarette* avoient excité sa ja-
,, lousie, & ce motif lui avoit
,, servi d'émulation. A force d'art,

,, elle étoit parvenue à suppléer à
,, ce que la nature lui avoit refu-
,, fée. *Palmire* regardoit fes ta-
,, lens comme fon propre ouvra-
,, ge. Cependant , malgré les
,, foins qu'elle s'étoit donnés ,
,, elle n'avoit pu atteindre à la
,, perfection de fa fœur. Ses gra-
,, ces étoient moins naturelles ,
,, & fon chant moins agréable.
,, Souvent, malgré tous fes ef-
,, forts, elle n'avoit pu réuffir à
,, fe faire applaudir , & l'on avoit
,, vu plus d'une fois les éloges
,, donnés à fa fœur lui arracher
,, des larmes. Les hommes ap-
,, plaudiffent à la modeftie avec
,, autant de joie qu'ils en ont à
,, humilier la vanité. *Timarette* ,
,, née fans prétention , ne paroif-
,, foit dans un concert qu'avec un
,, air timide, qui fembloit im-

,, plorer l'indulgence des audi-
,, teurs, & annoncer qu'elle se
,, méfioit de ses talens.

,, *Palmire* se présentoit au con-
,, traire avec assurance. Avant de
,, chanter, elle promenoit ses re-
,, gards sur l'assemblée, & ces
,, regards vouloient dire aux spec-
,, tateurs : *Préparez-vous à m'ad-*
,, *mirer.* Souvent elle étoit trom-
,, pée dans son attente, & son
,, amour-propre fut plus d'une
,, fois mortifié de voir regner le
,, silence dans le cercle qui l'a-
,, voit entendue.

,, *Timarette*, en cultivant l'é-
,, tude de nos meilleurs Auteurs,
,, avoit acquis des connoissances
,, profondes, qui rendoient sa
,, conversation toujours intéres-
,, sante, & ces occupations ne
,, lui faisoient point négliger les

,, détails du ménage. Elle fe fai-
,, foit même un honneur de fou-
,, lager fa mere dans la conduite
,, de fa maifon.

,, *Palmire*, plus attachée aux
,, talens extérieurs, regardoit la
,, lecture comme une gêne péni-
,, ble, & tout ce qui avoit rap-
,, port à l'économie domeftique,
,, lui paroiffoit au-deffous de fa
,, naiffance.

,, Des caracteres fi oppofés
,, faifoient naître quelquefois une
,, certaine méfintelligence entre
,, ces deux fœurs. Mais la dou-
,, ceur de *Timarette* ramenoit
,, bientôt la paix.

,, La mort leur ayant enlevé
,, leurs parens, *Timarette* étoit
,, inconfolable de cette perte; il
,, fallut même employer tous les
,, motifs que dicte la raifon pour

„ calmer fa douleur. Cette fenfi-
„ bilité la fit chérir plus tendre-
„ ment de fes amis, & chacun
„ s'empreffoit de partager fa pei-
„ ne.

„ *Palmire* regarda ce trifte
„ événement comme un inftant
„ heureux qui lui rendoit la liber-
„ té. Pour en jouir, elle fe fépa-
„ ra de fa fœur. Quelques an-
„ ciens amis de fa famille voulu-
„ rent s'y oppofer, mais *Palmire*
„ reçut avec hauteur leurs fages
„ confeils. Cette conduite déplût
„ aux gens fenfés, & lui fit des
„ ennemis. *Palmire* ne s'en in-
„ quietta point. Abandonnée à
„ fes caprices, elle fe lia avec des
„ femmes de fon caractere, &
„ diffipa en peu de temps fa for-
„ tune. Elle ne s'apperçut de fon
„ erreur que lorfqu'il ne fut plus

,, temps d'y remédier. Mais loin
,, que fa mifere l'eut rendue moins
,, vaine, fon orgueil fe révol-
,, toit toutes les fois qu'elle pen-
,, foit qu'il ne lui reftoit d'autres
,, reffources que les bontés de fa
,, fœur. *Palmire*, malgré cette
,, néceffité, ne pouvoit fe réfou-
,, dre à les implorer. *Timarette*
,, la prevint, en lui affurant un
,, fort à l'abri de tous les événe-
,, mens, & cette vertueufe fille
,, acheva par là de fe concilier
,, l'eftime générale.

De tous les talens naturels, il
n'en eft point de plus précieux &
de moins cultivés que ceux de
l'efprit. Cependant cette faculté
n'a de mérite réel qu'autant qu'elle
fert à faire prendre de nous une
bonne opinion. Mais fi cette opinion n'eft point fondée, nous tom-

bons bientôt dans le mépris. En général, une fille qui a de l'esprit, ne l'applique qu'à des futilités, ou à l'exercer à dire avec art une méchanceté. Le mauvais usage que l'on fait de cet heureux don, loin d'apporter quelque avantage à la société, devient alors nuisible à celle même qui en est partagée. Cet abus de l'esprit provient de la mauvaise éducation. Rarement une jeune personne cherche-t-elle à s'orner l'esprit par des lectures utiles & propres à lui inspirer le goût de la vertu. Souvent même elle ne fait usage de ce talent que dans les choses où il en faut le moins. Presque toujours son esprit s'occupe à combiner les moyens de plaire, & ces moyens ne sont ordinairement que dans l'art de la toilette.

L v

Rien n'est certainement si dangereux que d'avoir de l'esprit, lorsqu'il n'est point cultivé. L'ame alors n'ayant aucuns principes pour redresser la fausseté de nos idées, suit les impulsions d'un penchant vicieux, & se fait une occupation essentielle de la médisance, & bien plus souvent de la calomnie ; vice odieux qui couvre de honte celui qui en est affecté.

Si les jeunes personnes ornoient leur esprit par la lecture, on ne verroit plus tant de cercles où l'esprit brille aux dépens du cœur. Les femmes seroient plus respectées, & l'on ne verroit plus tant de réputations injustement flétries. J'ose dire même que rien n'est si rare qu'une bonne réputation. Depuis que l'on a tout sacrifié au plaisir d'*épigrammatifer* , chacun cherche à se venger des ridicules ou des défauts qu'on lui prête. Une médisance est ordinairement payée d'une calomnie. Le bruit s'accrédite , & sans être coupable on vous croit souvent criminel.

,, *Cloris* avoit un esprit vif ,
,, qui saisissoit promptement tous
,, les objets. Elle auroit fait les
,, délices de la société, sans le
,, penchant insurmontable qu'elle
,, avoit à médire. Mais rien n'a-
,, voit pu déraciner cette inclina-
,, tion. Personne ne possédoit com-
,, me elle le talent dangereux d'af-
,, faisonner avec art une méchan-
,, ceté. On avoit souvent applau-
,, di à ses sarcasmes, & ces élo-
,, ges l'avoient encouragée. Ce-
,, pendant on la craignoit ; on
,, feignoit de l'aimer , parce que

,, chacun la regardoit comme une
,, ennemie redoutable. Malgré
,, ces ménagemens, *Cloris* ne
,, pouvoit souvent retenir un épi-
,, gramme. Sa beauté avoit fait
,, des conquêtes, mais elle s'étoit
,, vu abandonnée tour à tour par
,, ses amans. Aucun d'eux n'avoit
,, voulu prendre d'engagement
,, sérieux avec elle. Son esprit
,, les charmoit, mais sa méchan-
,, ceté leur paroissoit un défaut
,, qui en effaçoit tous les agré-
,, mens. Quelques amis avoient
,, fait tous leurs efforts pour lui
,, persuader qu'une jeune person-
,, ne se fait un tort irréparable,
,, & devient même un objet de
,, mépris, lorsqu'elle applique
,, son esprit à la satyre. Frappée
,, de leurs sages représentations,
,, elle s'étoit promise de renoncer

,, à ce goût dangereux , mais son
,, penchant l'emportoit, & *Cloris*
,, continuoit toujours à lancer les
,, traits les plus envénimés contre
,, les personnes de sa connoissan-
,, ce. Jusques-là , *Cloris* n'avoit
,, exercé sa malignité que dans
,, les cercles qu'elle fréquentoit ;
,, bientôt animée par les suffrages
,, de ces gens, pour qui la mé-
,, chanceté a des attraits , elle
,, n'épargna plus personne. Le
,, rang , la naissance, les digni-
,, tés , là vertu même ne pouvoient
,, échapper à sa satyre. Ses bien-
,, faiteurs en étoient souvent l'ob-
,, jet. Ayant tenu quelque pro-
,, pos hazardés sur une femme ,
,, encore plus respectable par ses
,, vertus que par son rang , elle
,, fùt forcée de lui en faire des ex-
,, cuses publiques. Cette démar-

„ che qui la couvroit de honte
„ auroit du la corriger, mais fa
„ bile s'en échauffa davantage.
„ Irritée de l'aveu humiliant
„ qu'elle avoit été obligée de fai-
„ re, elle ne refpecta plus rien.
„ Aveuglée par fa colere, elle
„ eut la mal-adreffe d'attaquer la
„ réputation de quelques gens en
„ place, en tournant en ridicule
„ leur conduite, & femant des
„ bruits dangereux fur leurs
„ mœurs. Non contente encore,
„ elle diftribua des libelles con-
„ tre les Puiffances. Ayant été
„ reconnue pour en être l'Auteur,
„ Cloris fut punie de fa témérité,
„ & confinée dans les montagnes
„ méridionales de la France.
„ Chacun applaudit à ce châti-
„ ment, & fes connoiffances fe
„ féliciterent d'être délivrées de
„ ce fléau de leur fociété.

CHAPITRE XIV.

Des avantages que l'on doit re-
chercher dans un établissement.

LA nature a gravé dans le
cœur de tous les hommes le
defir de fe voir renaître ; & ce defir eft plus vif, à mefure que l'on
approche du terme fatal de fes
jours. On regarde fes rejettons
comme les foutiens de la vieilleffe ; de là naît cet empreffement
que des parens ont pour procurer
un mari à leur fille. Les foins
qu'ils ont apportés à fon éducation, les peines qu'ils fe font données pour cultiver fes talens,
n'ont d'autre but que de lui ménager un établiffement avantageux.
Cependant dans une action auffi

importante ; des proches devroient quelquefois moins confiul-
ter leur intérêt que le goût d'un
jeune cœur, fur-tout lorfque fon
choix n'eft point contraire à la
raifon.

Un pere fe décide ordinairement fur le plus ou le moins de
fortune, pour fe choifir un gen-
dre. Un homme fans mœurs, décoré de quelques dignités, ou qui
joint au rang & à la naiffance, le
crédit & la protection font toujours fûres d'obtenir la préférence
fur un rival, dont le cœur généreux, le caractere doux & les
mœurs pures ne font point étayés
d'une fortune apparente. On croit
qu'il fuffit à une femme, pour être
heureufe, d'avoir beaucoup de richeffes. Toutes les idées de bonheur fe renferment dans ce prin-

cipe, & jamais on ne va au delà.

.Une jeune perfonne fe conduit par d'autres motifs, qui font également fujets à des inconvéniens. Elle fe laiffe ordinairemenr féduire par une figure aimable, un efprit enjoué, ou d'autres graces extérieures. Son cœur entraîné par ces charmes, cede à l'impreffion qu'elle en reçoit. Elle ne s'informe pas fi fon vainqueur chérit la vertu, fi fes inclinations font vicieufes, fon amour lui prête toutes les qualités aimables qui font l'effence de l'honnête homme. En vain des amis lui repréfentent-ils qu'elle feule ne s'apperçoit pas dés défauts de fon amant. Elle leur répond qu'on poffede toutes les vertus, lorfqu'on a le talent de plaire. Si des parens font affez foibles pour céder à fon inclination, elle ne voit rien au deſſus de ſon bonheur. Sa félicité lui paroît inaltérable; elle ne prévoit plus rien qui puiſſe la troubler. Combien de fois cependant voit-on ce bonheur s'évanouir en un inſtant ? Toutes les idées chimériques ſe diſſipent, & ſouvent un jeune cœur paie cherement cette ſatisfaction momentanée. Si l'on s'aime ſans s'eſtimer, ſi l'hymen n'a point pour fondement la vertu, & cette heureuſe ſympathie qui fait l'union des cœurs, le dégoût ſuit bientôt la poſſeſſion; & l'on ne doit plus être étonné de voir naître alors une foule de malheurs d'un objet que l'on regardoit comme la ſource d'une félicité certaine.

Pour être heureux dans le mariage, une jeune perſonne doit,

avant de se décider, examiner si celui qui lui offre sa main est d'un caractere sociable ; si sa naissance n'est point au dessous de la sienne, si leur fortune est égale. Elle doit sur-tout consulter le rapport des humeurs, autrement si elle s'écarte de ces principes, il en peut résulter de tristes conséquences. L'amour est un guide aveugle : il nous conduit souvent dans le précipice. Son flambeau répand une clarté sombre qui nous abuse sur les objets. En le suivant, nous ne marchons qu'à tâtons, & nous courons risque de nous égarer. Lorsqu'il s'est emparé de notre cœur, nous ne pouvons plus en déterminer les mouvemens. Entraînés par une force supérieure, nous sacrifions tout ce que nous avons de plus

cher à l'objet de notre tendreſſe.
Le moment vient où la raiſon
diſſipe les brouillards qui nous
environnoient. Frappés de ſon
éclat, nous gémiſſons de notre
erreur; mais ſouvent nous ne ſommes plus les maîtres de revenir
ſur nos pas. Qu'une jeune perſonne qui cede ſans réflexion à ſon
penchant, ſe prépare de triſtes regrets ! une démarche inconſi-
dérée eſt ſouvent la ſource d'un
chagrin dévorant, qui porte l'a-
mertume juſqu'au ſein des plaiſirs. On ſe laiſſe preſque toujours
éblouir par l'éclat d'une fortune,
offerte par un amant qui ſait plaire. Loin de lui faire appercevoir
qu'il manque à ſa famille, à lui-
même, en s'alliant avec une fille
ſans biens, & ſouvent d'une naiſſance obſcure, on applaudit à ſon

projet, on lui en facilite l'exécu-
tion. L'amour-propre fait préfu-
mer que notre mérite doit nous
tenir lieu de tous ces avantages.
On s'abufe prefque toujours fur
fes fentimens, on croit aimer de
bonne foi, parce que l'on prend
les mouvemens de l'ambition
pour ceux de la tendreffe. Dans
cette perfuafion, on cede aux defirs d'un amant, on devient fa
femme. Mais à peine le nouvel
époux eft-il fatisfait, que fes defirs s'éteignent pour ne plus fe rallumer. Il néglige d'abord cette
femme qu'il adoroit, peu à peu
il s'en éloigne, & bientôt le repentir fuit la fauffe démarche
qu'il a faite. Il rougit de fon alliance, apperçoit tout le tort qu'il
s'eft fait, regrette l'amitié & le
crédit de fa famille, qui a rompu

tout commerce avec lui, ne voit plus dans l'objet auquel il a tout facrifié, que l'origine de fes malheurs. Son amour fe change en haine, & fa bouche ne s'ouvre plus que pour laiffer un paffage libre à des reproches amers. Le bien-être alors peut-il dédommager de ces chagrins domeftiques?

» *Angelique* étoit née avec tous » les avantages de la beauté & » du vrai mérite. Ses parens ver- ,, tueux, quoique pauvres, ,, avoient tout facrifié pour fon ,, éducation. Ils étoient perfua- ,, dés qu'elle tenoit lieu de for- ,, tune, & lui étoit même en ,, quelque forte préférable. Leurs ,, foint n'avoient point été inuti- ,, les. *Angelique* y avoit fi bien ,, répondu, que fes maîtres ,, étoient eux-mêmes étonnés de

„ la rapidité de ſes progrès. Ses
„ talens lui acquirent chaque
„ jour des admirateurs. Sa vertu
„ & la douceur de ſon caractere
„ lui firent des amis. *Iphis*, jeu-
„ ne Seigneur aimable, fils d'un
„ pere riche & puiſſant, l'ayant
„ vue par hazard, fut ébloui de
„ ſes charmes, & ne put défen-
„ dre ſon cœur des traits de l'a-
„ mour. Curieux de connoître
„ *Angelique*, il chargea un de
„ ſes gens de la ſuivre, & de
„ s'informer de ſa naiſſance &
„ de ſes facultés. Sur le rapport
„ de ſon émiſſaire, il ſe crut aſſu-
„ ré de la poſſeſſion d' *Angelique*.
„ Il falloit un prétexte pour pou-
„ voir être admis chez elle, il
„ en imagina pluſieurs, tous lui
„ déplurent. Enfin il crut que ſon
„ nom ſuffiſoit pour être bien re-

„ çu chez des gens d'une condi-
„ tion ordinaire, & que leur va-
„ nité feroit flattée de fes vifites.
„ Il s'arrêta à cette idée, & fe
„ préfenta chez *Angelique*. Ses
„ parens reçurent *Iphis* avec tous
„ les égards dûs à fa naiffance.
„ Mais ces témoignages de ref-
„ pect lui étoient à charge, &
„ la préfence du pere & de la
„ mere d'*Angelique* l'ayant em-
„ pêché de lui déclarer les mo-
„ tifs qui l'attiroient, il fe repen-
„ tit alors de s'être annoncé fous
„ fon véritable nom ; cependant
„ ayant appris que le pere devoit
„ s'abfenter pour quelques jours,
„ il fe détermina à hazarder une
„ feconde vifite. Ayant trouvé
„ *Angelique* feule, il profita de
„ ce moment favorable, & lui
„ fit l'aveu de fa tendreffe. Cette
déclaration

,, déclaration inattendue furprit
,, cette vertueufe fille ; mais fon
,, étonnement redoubla, lorf-
,, qu'*Iphis*, en la preffant de ré-
,, pondre à fon amour, lui fit des
,, offres capables de féduire un
,, cœur pour qui la vertu n'a plus
,, d'attraits. Ces avantages, loin
,, de plaire à *Angelique*, excite-
,, rent fon indignation, & depuis
,, ce temps, elle affectoit de ne
,, plus paroître devant *Iphis*. Cet-
,, te conduite lui paroiffoit ex-
,, traordinaire, il ne pouvoit croi-
,, re qu'une fille fans bien & fans
,, naiffance, pût refufer le fort
,, qu'il lui offroit Il foupçonna
,, qu'il avoit un rival, & mit
,, tout en ufage pour le découvrir.
,, Mais les informations quil prit
,, ne fervirent qu'à lui rendre *An-*
,, *gelique* plus chere. Il connut

M

„ alors qu'il lui seroit impossible
„ de vaincre un cœur aussi ver-
„ tueux, & se reprocha même
„ d'avoir tenté de le corrompre.
„ Pour réparer l'outrage qu'il lui
„ avoit fait, il résolut de la de-
„ mander à sa famille. Il ne pou-
„ voit se cacher qu'une pareille
„ démarche alloit lui attirer le
„ courroux d'un pere ambitieux,
„ qui lui ménageoit depuis long-
„ temps l'alliance d'une Maison
„ puissante. Mais cette considéra-
„ tion ne put le retenir. La crain-
„ te d'être déshérité ne fut même
„ pas assez forte pour balancer son
„ projet, & son amour l'emporta.
„ Il ne voyoit rien de si cruel que
„ d'être obligé de renoncer à la
„ possession d'*Angelique*, la mort
„ même lui auroit paru moins ter-
„ rible,

,, Déterminé à tous les événe-
,, mens, il déclara fes intentions
,, au pere d'*Angelique*. Ce fage
,, vieillard, après lui avoir re-
,, montré que c'étoit courir à une
,, perte certaine, que de s'obfti-
,, ner à vouloir époufer une fille
,, dont la naiffance étoit fi fort in-
,, férieure à la fienne, & qui n'a-
,, voit point une fortune capable
,, de faire excufer cette méfal-
,, liance, ajoûta : " fi vous étiez
libre, je pourrois peut-être céder
à vos defirs ; mais vous dépendez
d'un pere auquel la nature vous
ordonne d'obéir, & qui ne con-
fentira jamais à une union fi oppo-
fée aux grands deffeins qu'il a fur
vous.

,, Ce refus lui ayant ôté tout
,, efpoir, il étoit accablé de fa
,, douleur ; mais la mort de fon

,, pere qui arriva quelque temps
,, après, en lui laiſſant la liberté
,, de diſpoſer de ſa main, fit re-
,, naître ſes eſpérances. Ne voyant
,, plus rien qui pût s'oppoſer
,, à ſon bonheur, il vint trouver
,, le pere d'*Angelique*, & lui dit:''

Vous m'avez aſſuré que vous
auriez cédé à mes deſirs, ſi j'euſſe
été maître de diſpoſer de moi. Je
viens aujourd'hui vous ſommer de
votre parole, puiſque le Ciel vient
de lever le ſeul obſtacle qui paroiſ-
ſoit contraire à ma félicité, c'eſt
une preuve qu'il autoriſe ma demande. Si vous le craignez, vous
devez m'accorder *Angelique*, votre refus l'irriteroit.

,, Ce pere ébloui d'une fortune
,, auſſi avantageuſe, ne put ſe dé-
,, fendre de donner ſa parole à
,, *Iphis*; cependant il ne voulut

„ s'engager qu'aux conditions

„ que fa fille y confentiroit. En

„ effet, *Angelique* fut confultée.

„ Si cette aimable fille n'eut fui-

„ vi que les mouvemens de fon

„ cœur, elle auroit confenti à

„ l'inftant de faire le bonheur

„ d'*Iphis*; mais elle craignoit que

„ cette démarche n'excitât un jour

„ le repentir de fon amant. Elle

„ l'aimoit tendrement, & fentoit

„ tout le prix du facrifice qu'il

„ lui faifoit. Cette raifon préva-

„ lut fur fon amour, & elle fe

„ détermina à refufer l'offre de

„ fa main. *Iphis*, impatient de la

„ réponfe d'*Angelique*, fut éton-

„ né, lorfque cette généreufe fille

„ lui tint ce difcours :

Vous êtes riche , *Iphis*, &
d'un rang à pouvoir prétendre
aux plus grandes alliances. Vo-

tre maison ne s'est jamais mésal-
liée, & vous voulez déroger à la
loi que vos ancêtres se sont im-
posée, & qu'ils ont toujours sui-
vie involablement. Si les vertus de
mes parens pouvoient me tenir
lieu de noblesse, vous n'auriez
point à rougir de ma naissance.
Nous sommes dans un siecle où
l'honneur & la probité sont des titres frivoles, si ces qualités ne
sont appuyées par des titres de noblesse. Je sais qu'il me seroit facile
de me donner des ayeux illustres ;
mais je rougirois d'adopter des
ancêtres étrangers. Je ne vois
qu'un seul moyen qui puisse me
rendre digne de vous, c'est de re-
fuser votre main, & je m'y tiens.
Je suis certaine que vous m'aimez
tendrement, vous m'en donnez
même de trop fortes preuves pour

en douter ; mais je manquerois à
mon devoir & à l'honneur , si j'a-
busois du pouvoir que me donne
votre amour , pour vous engager
à former un lien si contraire à vos
vrais intérêts. Vous me feriez tort
d'attribuer ce refus au caprice.
Non, *Iphis*, ce n'est point ce motif qui me détermine , c'est à la
voix de l'honneur que j'obéis.
Pour vous prouver combien ses
loix ont de pouvoir sur mon ame ,
je ne rougirai point de vous avouer
que je vous aime aussi tendrement
que vous me chérissez. C'est cette
raison même qui me force à rejet-
ter les avanges que vous m'offrez ,
& je crois vous le prouver encore
mieux par mon refus que par le
consentement que je donnerois à
vos volontés.

,, *Iphis* insista, l'amour est élo-

,, quent, *Angelique* fut persua-
,, dée. Cependant elle étoit agitée
,, par un secret pressentiment qui
,, troubloit son bonheur. " Hélas!
disoit-elle d Iphis , au moment où
elle alloit être unie pour jamais
avec lui , vous me reprocherez
peut-être un jour d'avoir consenti à
notre hymen ; & vos descendans
accableront de malédictions une
ayeule qui les exclura des honneurs dus à la naissance de leurs
ancêtres. Il en est temps encore ,
rompez un engagement, qui, dans
un instant , sera indissoluble , &
peut-être suivi d'un repentir inutile. Ou si vous êtes résolu de
m'honorer de votre nom , souvenez-vous du moins un jour qu'*Angelique* n'a cédé qu'à vos empressemens.

,, *Iphis* , après son mariage, fut

,, pendant quelques années en-
,, chanté de son bonheur ; mais
,, bientôt l'ambition ayant suc-
,, cédé à l'amour , il ne fut plus
,, occupé que de projets de gran-
,, deur. Ayant vu plusieurs fois
,, ses desseins traversés , & ayant
,, appris que sa famille , qui ne
,, pouvoit lui pardonner l'alliance
,, d'*Angelique* , employoit son
,, crédit pour traverser ses vues
,, ambitieuses il accabla sa fem-
,, me de reproches les plus mal
,, placées. Il consulta même un
,, célebre Jurisconsulte sur les
,, moyens propres à rompre son
,, mariage. Convaincu qu'il le
,, tenteroit en vain , sa mauvaise
,, humeur en augmenta. Peut-être
,, même auroit-il attenté aux
,, jours de sa malheureuse épouse
,, s'il eut été moins sensible à
,, l'honneur.   M v

,, *Angelique* ayant été infor-
,, mée des démarches d'*Iphis*
,, pour annuler fon mariage, ne
,, put réfifter à ce dernier coup.
,, Son courage l'abandonna : elle
,, tomba dans une langueur qui
,, fit bientôt craindre pour fes
,, jours. Le danger étant certain ,
,, on lui annonça qu'il ne lui ref-
,, toit plus que quelques heures à
,, vivre. Cette nouvelle ne l'at-
,, trifta point. S'étant informée fi
,, fon mari pouvoit fe réfoudre à
,, paffer dans fon appartement ,
,, elle le fit prier de s'y rendre, &
,, ayant fait retirer les gens qui
,, étoient auprès d'elle , elle lui
,, parla en ces termes :

Votre bonheur m'a toujours
été cher, *Iphis*, vous n'en pouvez
douter fans me faire injure. Cependant vous avez tenté de rom-

pre des engagemens, dont ma
mort va bientôt vous affranchir.
Mais pourquoi m'avez-vous caché le trouble de votre ame ! je
vous aimois affez pour facrifier
tout à votre félicité. Peut-être
même vous aurois-je pu faciliter
les moyens de brifer les liens qui
vous attachent à moi. Ma réputation fans doute m'a été chere,
mais votre repos me l'étoit encore plus. Je n'aimois la vie que
parce que je la croyois néceffaire
à votre bonheur, elle fait aujour-
d'hui votre plus grande infortu-
ne, je bénis le Ciel qui me la ra-
vit. Des jours plus longs feroient
votre fupplice, & me deviendroient infupportables. Dans peu
je ne ferai plus, & vous ferez
dégagé de vos fermens. Je ne
vous demande point que vous

chériffiez ma mémoire, il me
fuffit que mon fouvenir ne vous
foit pas odieux.

  ,, Pendant ce difcours, *Iphis*
» éprouvoit une agitation qu'il
» ne pouvoit cacher. Son cœur
» étoit déchiré tour à tour par
,, l'ambition & fes remords. Il
,, n'ofoit lever les yeux fur fon
,, époufe infortunée. Cependant
,, ayant fixé fes regards fur *An-*
,, *gélique* , & appercevant déja
,, toutes les horreurs de la mort
,, fur un vifage , qui autrefois
,, avoit fait fes plus cheres déli-
,, ces, l'amour reprit fes premiers
,, droits. Il voulqt en vain la rap-
,, peller à la vie par les fermens
,, les plus facrés de réparer fes
,, tôrts , il n'étoit plus temps. Le
,, corps étoit épuifé par le cha-
,, grin, rien ne put fauver *Ange-*
,, *lique* du trépas.

Dans les mariages, dont l'intérêt & l'ambition ont formé les liens, on s'unit ordinairement sans amour, on vit ensemble sans confiance. On s'estime peu, parce que l'on ne se connoît point, ou parce que l'on se connoît trop. On ignore les agrémens de cette tendresse qui fait le bonheur de deux cœurs unis par la vertu. La nécessité de perpétuer un nom, rapproche quelquefois deux époux ; mais lorsqu'une maison est soutenue par plusieurs héritiers, on s'évite avec autant de soin que l'on devroit en apporter à se rechercher! Heureux encore si l'indifférence est le seul point de division! Mais dans ces fortes de mariages, la haine tient presque toujours lieu de tout autre fentiment. Aveuglé par cette passion, on ne voit plus

qu'un objet odieux dans celui qui
devroit faire nos délices. On blâme sa conduite, on se plaint de
ses procédés. Toujours injuste ,
on lui fait un crime des actions les
plus ordinaires. Souvent même on
lui prête des vices honteux. A
peine conserve-t-on les bienséan-
ces que le public exige. Quelquefois on s'oublie jusqu'au point
de manquer au respect que l'on se
doit à soi-même. Sans égard , on
est toujours d'avis contraire. Si
par hazard on est d'accord sur un
sentiment, cette uniformité d'o-
pinion n'est alors déterminée que
par des vues d'intérêt. Si l'on im-
plore le crédit de ses amis en faveur d'un époux, cette démarche
n'a d'autres motifs que le partage
des honneurs qui vont le décorer.
Peut-être chercheroit-on à tra-

verfer fes deffeins, fi les dignités. qu'il follicite n'étoient attachées qu'à fa perfonne.

Pour jouir d'une félicité inaltérable , en formant un établiffement, il faut confulter la raifon. Deux époux ne cherchent alors qu'à fe prévenir par des complaifances mutuelles. Leur plaifirs , leurs peines deviennent les mêmes , parce qu'ils n'ont qu'une ame. Ils font animés par les mêmes fentimens , & ces fentimens font toujours vertueux. On les refpecte , on les admire , on s'applaudit de les connoître. On fe feroit un crime de les féparer , parce qu'ils ne goûtent jamais de plaifirs plus purs que lorfqu'ils lés partagent. Dans une vieilleffe avancée ils jouiffent encore du bonheur de s'aimer , & ce bonheur n'eſt troublé que par l'approche du terme fatal qui doit les défunir.

CHAPITRE XV.

Conduite d'une fille de mérite, née ſenſible dans le choix d'un époux.

UNe fille de mérite, née ſenſible, ne s'annonce ni par la liberté, ni par la ſévérité des mœurs. Également éloignée des deux excès, tout découvre en elle la vraie ſolide ſageſſe. Incapable de cette coquetterie baſſe & ſans droiture, qui, rendant ſenſible aux cajoleries des hommes, les fait écouter tous avec plaiſirs, & leur donne à tous lieu d'eſpérer : elle n'affecte point non plus

une sotte & modeste répugnance
pour tout ce qui respire l'amour.
Convaincue que c'est un feu qui
dégrade les ames ordinaires sans
principes , & qui éleve celles au
dessus du commun , ou plutôt ,
distinguant l'amour d'avec son
abus , elle l'envisage tel qu'il est,
c'est-à-dire , comme le plus naturel , le plus doux & le plus noble
sentiment , dont l'Auteur de la
nature ait fait présent aux mortels. Affermie dans un si sage milieu par sa raison , exempte des
préjugés vulgaires , on ne la voit
point s'effaroucher pour un discours ou pour une action , qui ,
sans être dans le genre licencieux,
est hors de cagotisme & de la bi-
gotterie ; mais , avec discerne-
ment , jalouse de ses droits qu'elle
ne distingue point de ceux de la

vertu, elle fait agir de maniere à
convaincre qu'elle a vraiment de
l'averfion pour tout ce qui donne
atteinte aux égards & à la cir-
confpection dûs à la pureté de fes
fentimens. Une chanfon trop dé-
voilée, une équivoque trop claire, une action trop peu mefu-
rée excitent fa rougeur ou fon filence. Comme fa pudeur en fouffre, jamais elle n'en rit. La réci-
dive provoque fon indignation.
Guidée fans ceffe par fon caractere doux & élevé, l'on ne la voit
en aucun temps defcendre jufqu'à repouffer la force par la force, ou invectiver contre l'infolen-
ce. Une reprimande, ou une
plainte qui joignent à une politeffe épurée, une froideur qui marque
un cœur profondément touché,
font les feules armes avec lef-

quelles elle force infailliblement
au refpect ceux mêmes qui en
font le moins fufceptibles.

Dans quelque lieu qu'elle pa-
roiffe, il n'eft pas poffible qu'elle
ne rencontre des adorateurs, qui,
frappés de fon mérite, s'empref-
fent à y rendre hommage. Mais,
fachant que fon cœur ne peut être
le prix que d'un feul, & fentant
que l'inftant de fon choix eft le
point critique d'où dépend le
bonheur ou le malheur de toute
fa vie, elle prend toutes les précautions néceffaires pour le placer
heureufement.

Tant que fon ame eft indécife,
fa conduite toujours franche &
généreufe ne la met jamais dans
le cas d'avoir aucun reproche à
fe faire ou à s'entendre faire. Incapable de donner à un homme,

sujet de se prendre pour elle , &
de souffrir le martyre d'aimer sans
l'être. elle ôte pour toujours tout
espoir à ceux en qui elle voit trop
peu de convenance avec elle. A
l'égard des autres , elle les regarde comme un corps de réserve ,
dans le sein duquel elle espere
rencontrer le sujet qui la doit fixer
le reste de ses jours. Pour y parvenir sans blesser en rien les loix
de la droiture , toute son étude
est de tenir la balance parfaitement égale entre eux tous. Dans
cet équilibre , elle arrête sur le
champ la moindre montre d'a-
mour , claire ou enveloppée, pro-
chaine ou éloignée , soit en n'y
paroissant faire aucune attention ,
soit en le détournant adroitement ,
soit en faisant une plaisanterie.
Voit-elle malgré cela de la con-

tinuation ? En priant bien férieu-
fement de ceffer , & menaçant,
fi l'on ne le fait, de bannir fans
retour de fa préfence, elle obtient
immanquablement d'être laiffée
tranquille. Ainfi nul n'a lieu d'efpérer, nul n'a lieu de défefpérer.
Elle peut fe déterminer lorfqu'elle
le voudra , fans avoir à craindre
d'être blâmée juftement d'avoir
donné à qui que ce foit fujet de fe
livrer à une paffion malheureufe.

Durant l'exacte neutralité qu'elle garde au milieu du cercle de
Prétendant qui l'environne , femblable à un ouvrier habile , qui ,
parmi plufieurs bonnes natures
d'or , veut difcerner la meilleure , elle examine fcrupuleufement
entre les divers caracteres , celui
qui renferme les qualités les plus
propres à la rendre heureufe. Son

ame grande & délicate n'eft point
fufceptible de ces fortes de déter-
minations qu'entraîne le premier
afpect d'un dehors féduifant. Son
jugement feul la détermine. C'eft
peu à peu que l'amour entre dans
fon cœur, & à mefure qu'elle découvre les fentimens vraiment &
folidement aimables dans un des
objets qu'elle étudie. L'efprit,
la délicateffe, le favoir, les talens, la politeffe, la fenfibilité &
la douceur du commerce, en un
mot, les beautés de l'ame font les
feuls attraits capables de l'enflam-
mer. Tout ce qui eft du corps
excite peu ou point fon attention.

Croit-elle entrevoir le tréfor
qu'elle cherche? Pour diffiper
toute incertitude dans un cas auffi
décifive pour le cours de fa car-
riere, elle n'oublie aucune des

ressources propres à le pénétrer
intimement. Spirituelle & prudente comme elle est, sans donner le moindre lieu à l'Amant
qu'elle a en vue de se douter des
favorables dispositions qu'elle a
pour lui, elle sait l'engager à
propos sans qu'il s'en apperçoive.
Dans diverses conversations sé-
rieuses & profondes en différentes occasions, à l'aide desquelles
elle démêle ses plus secrettes
pensées & ses mouvemens les
plus cachés. Elle fait avec les
mêmes précautions en son absence parler sur son compte toutes
les personnes judicieuse, qu'elle
connoît à portée de lui en dévoiler impartialement l'intérieur.
Non contente quelquefois de se
fier au rapport de gens équitables
& désintéressées, elle ne croit pas

trop faire que de mettre sur ses
traces des personnes qu'elle y engage sous d'autres divers prétex-
tes que le véritable, ou des émis-
saires de confiance qui le suivent
par-tout, sans qu'il le sache, &
qui lui rendent ensuite un fidele
compte de sa conduite. Si le ré-
sultat de toutes ces mesures est de
lui faire connoître que le sujet
dont elle veut faire choix, est
(non pas parfait, parce qu'elle
n'ignore point que le plus aimable homme, qui soit sous les
Cieux, ne peut l'être ;) mais
qu'exempt de vices, taché néces-
sairement de quelques défauts, le
nombre de ses bonnes qualités les
surpasse de beaucoup, & qu'il a
sur-tout celles avec lesquelles les
siens sympatissent le plus, alors
elle compte que ce seroit violer
toutes

toutes les regles de la fageffe humaine, que de ne pas demeurer perfuadée, qu'il eft tout ce qu'elle peut trouver au monde de mieux pour fa félicité.

Cependant, quoiqu'elle fente que la poffeffion de ce fortuné mortel eft feule capable de faire fon bonheur ; fa prudence & fa délicateffe lui perfuadant que, pour former une union parfaite, il faut que deux ames foient entiérement conformes en difpofition l'une à l'égard de l'autre, elle penfe qu'il eft encore d'une conféquence infinie pour elle de s'affurer, fi une voix fecrette dit à ce mortel réciproquement au fond du cœur, qu'elle eft la feule femme au monde capable de le rendre heureux. C'eft pourquoi s'obfervant plus que jamais pour cacher des

N

mouvemens naiſſans très-propres
à la trahir, elle fait tous ſes efforts pour ſonder la nature de
celui qui les fait éclore comme
elle ſait que le ſentiment ſeul
peut être juge infaillible du ſentiment, la regle qu'elle eſtime,
l'unique ſûre pour décider un point
ſi important à ſon repos, eſt
d'approfondir ſi l'objet aimé eſt
exactement pour elle tout ce
qu'elle eſt pour lui, lorſqu'elle le
trouve capable des mêmes ſacrifi-
ces, entraîné par la même avidité
à ſaiſir ou à inventer les moyens
de lui plaire, ſuſceptible des mêmes jalouſies, animé de la même
candeur, enclin à la même confiance, plein de la même indifférence pour tout le reſte de l'Univers, enivré des mêmes plaiſirs
en ſa préſence, accablé des mê-

mes chagrins en son absence ;
bref, lorsqu'elle découvre en lui
pour elle tout ce qu'elle éprouve
en elle pour lui, elle compte que
ce seroit mal juger que de n'être
pas convaincue que son amant est
à son égard parfaitement tout ce
qu'elle est envers lui, & qu'il sent
qu'elle seule au monde peut faire
son honheur, comme elle sent que
lui seul dans l'Univers peut faire
le sien.

Enfin, pour ne rien oublier
dans un engagement qui aura des
suites heureuses ou malheureuses
aussi longues que son existence,
assurée que pour former une félicité durable, ce n'est pas assez que
l'objet qui nous fixe soit rempli de
toutes les qualités qui nous conviennent, & que nous soyons sû-
res pour le moment qu'il nous ai-

me auſſi tendrement que nous
l'aimons, mais qu'il faut encore
qu'il nous ſoit attaché ſolidement,
elle croit que la prudence exige
qu'elle s'inſtruiſe encore à fond de
cet article. Elle demeure un temps
ſuffiſant ſans s'avancer avec ſon
amant plus qu'elle ne l'eſt. Si la
paſſion de cet amant eſt pure, dé-
gagée de tout motif d'intérêt, &
n'a d'autre point de vue que d'aimer, & de l'être éternellement ;
elle ſera aſſez ſolide pour ſe ſoutenir long-temps telle qu'elle eſt
par ſa propre force, & ſans être
étayée par le moindre ſecours extérieur. Néanmoins certaine que
la conſtance la plus grande n'a
qu'un terme, & que la tendreſſe
la plus vive n'a d'éternelle durée
qu'autant qu'elle eſt nourrie, pour
ainſi dire, par les alimens qu'elle

reçoit de son objet, de peur que le séduisant mortel, à la possession duquel elle sent de plus en plus qu'est attachée sa félicité, ne perd courage par une rigueur trop prolongée. Elle voit qu'elle touche au moment où il est d'une nécessité indispensable pour elle de changer de batterie à l'égard de ce précieux objet de ses vœux.

Comme elle sait que l'amour n'est point un crime, elle sait conséquemment que son aveu n'en peut être un. Les précautions qu'elle a prises la mettent à couvert de l'imprudence, qui est une des choses le plus à craindre en semblable conjoncture. Cependant, quoiqu'elle n'appréhende de blesser ni la sagesse, ni la prudence, sans déclarer encore à l'objet qui la fixe, qu'elle sent pour lui la tendreſſe la plus vive; elle croit devoir commencer par faire naître en ſon ame la douce eſpérance par tous les moyens qui en ſont capables. Tantôt un regard tendre, tantôt un mot obligeant, tantôt une attention, tantôt une préférence, ſont les étincelles qui font entrevoir ſa flamme à ſon heureux amant. Elle reçoit ce qui vient de lui avec un plaiſir marqué, elle lui permet de lui rendre des viſites plus aſſidues, elle le laiſſe quelquefois montrer ſon ardeur par des ſoins dus avec une joie & une politeſſe ſi vive, qu'on voit briller clairement l'amour à travers, quelquefois elle en écoute, ſans marquer de colere, une peinture un peu touchante. C'eſt par une gradation & une conduite ſi bien économifée, qu'elle lui donne lieu d'appercevoir qu'il peut tout attendre de son activité & de sa persévérance.

Toujours prudente & toujours attentive à fonder immuablement les intérêts de son cœur, elle fait des épreuves dans tous les états. Si la constance, qui est la sûre pierre de touche des vraies inclinations, lui a prouvée la solidité de la tendresse de son amant, dans le temps qu'elle ne lui avoit encore témoigné que de la froideur & de l'indifférence, elle veut qu'elle la lui démontre de même dans le temps qu'elle le flatte du plus doux avenir. Elle sait que rien ne constate mieux la stabilité d'un penchant, que lorsqu'il se soutient également dans le bonheur comme dans le malheur. El-

le tient donc l'objet de son choix
dans la douceur de l'attente pendant long-temps. S'il ne s'attiédit
point, s'il ne se ralentit point au
bout d'une assez longue espace
par la certitude d'être infailliblement heureux un jour, en un mot,
s'il se conserve toujours aussi em-
pressé, aussi ardent, aussi soumis
& aussi tendre avec la sûreté de
réussir auprès de sa conquête,
qu'il a été dans l'incertitude du
succès, elle regarde comme une
chose due & bien méritée d'a-
vouer ingénuement & sans mystere à ce fidele amant, qu'il regne
souverainement sur son ame, &
qu'elle est pour jamais à lui seul.

Bien convaincue que l'aveu de
l'amour entraîne l'obligation d'en
prouver la vérité & la sincérité
par tous les moyens possibles, &

déteſtant cette baſſe & fourbe vanité qui fait témoigner ce qu'on
ne ſent pas, auſſitôt qu'elle a déclaré ſa flamme, elle ne connoît
rien de plus doux & de plus preſ-
fé que d'en donner toutes les dé-
monſtrations que la vertu & la
délicateſſe lui peuvent ſuggérer.

Quelle béatitude alors! quelles
douceurs répand-t-elle avec pro-
fuſion dans l'ame de l'objet qu'elle
adore! comme le plus ſuppoſe
toujours le moins, & qu'ainſi la
véritable tendreſſe renferme néceſſairement l'eſtime & l'amitié,
non ſeulement tout ce que l'amour
a de délicieux, de fin & de déli-
cat ; mais encore tout ce que l'eſtime a de charmant, tout ce que
l'amitié a de touchant, coule
abondamment à chaque inſtant de
l'ardeur de ſa belle ame. Tout

eſt charme, tout eſt bonheur avec
elle, & d'autant plus grand &
plus ſolide que la vertu en épure
la volupté.

La force de l'eſtime qu'elle a
pour l'objet dont elle eſt épriſe,
lui faiſant croire qu'il en eſt le
ſeul digne, l'a porte à l'enviſager
comme l'homme de l'univers le
plus rempli d'excellentes qualités, tant du côté de l'eſprit que
de celui du cœur. Sans ceſſe dans
une ſorte d'extaſe en contemplant
ſes perfections, ſa raiſon trouve
des nouveaux motifs de s'applaudir & de ſe confirmer dans l'attachement inviolable qu'elle lui a
voué, & toutes les comparaiſons
qu'elle fait du mérite de ſes ri-
vaux au ſien, ſont toujours à ſon
avantage. Une des grandes mar-
ques qu'elle donne à ce mortel

chéri, que personne ne l'estime plus
qu'elle, est la confidence pleine
& entiere qu'elle lui fait généralement de tout ce qu'elle pense &
de tout ce qui la touche. Non
seulement elle se plaît à l'instrui-
re de tout ce qui se passe d'important en son intérieur ; mais encore de tout ce qui y arrive sans
exception de quelque nature
qu'on veuille le supposer. Le
moindre mystere, le moindre secret seroit une peine extrême
pour elle, par le reproche qu'elle
se feroit d'avoir la plus petite réserve pour un autre elle-même.
Toutes ses joies, toutes ses peines, toutes ses idées sont commu-
niquées, & par les affectueux
épanchemens d'une confiance sans
bornes, elle l'enchante & le lie
de plus en plus par la reconnois-

fe & par la fomentation des fentimens & des effufions récipro-
ques.

Quelle amie qu'une pareille
amante ! quelles attentions ,
quels foins, quels fervices ne
s'empreffe-t-elle pas à rendre in-
ceffamment à l'unique ami dont
elle a voulu faire fon amant ! qui
lui donne de meilleurs & de plus
finceres confeils qu'elle , foit pour
fes affaires, foit pour fon honheur, foit pour fes plaifirs : qui
pourroit avec vraifemblance l'ac-
cufer de négliger aucun des devoirs de la plus vive amitié. Mais
combien la voit-on fur-tout bénir
fa deftinée ? Si le fort l'a rendue
maîtreffe d'une fortune qu'elle a
la noble fatisfaction de partager
avec celui qu'elle regarde avec
raifon comme le plus parfait &

le plus digne de fes amis, fuppo-
fé qu'elle l'ait choifi dans une ai-
fance très-difproportionnée à la
fienne.

Cependant, malgré la force de
fon eftime & de fon amitié, que
ces affections paroiffent foibles
auprès de la violence de l'amour
qui la domine. Dans quels délices cherche-t-elle fans relâche à
faire nager l'objet dont elle eft ra-
vie, entre tous les degrés de bonheur dont elle le comble ; le premier & le plus grand qu'elle lui
procure comme amante, eft l'ex-
clufion à perpétuité de tous fes
concurrens. Son cœur ouvert à
lui feul par le goût & par l'honneur, fe ferme à tout autre par
les mêmes motifs. Perfuadée que
rien ne touche tant un homme
tendre & reconnoiffant que ces

fortes de preuves de tendreſſe ;
elle n'oublie pas de lui faire d'a-
bord ce ſacrifice univerſel. Toutes les occaſions ſemblables ou
approchantes, elle les ſaiſit avi-
dement, n'ayant rien à cœur davantage que d'affermir de plus en
plus l'amour de ſon ſeul vainqueur, & de lui épargner juſqu'à
la plus petite ſource de jalouſie ;
qui, quelque forte qu'elle ſoit,
eſt très-aiſée à diſſiper dans ſon
origine entre de vrais amans ;
mais, qui, négligée, eſt un poi-
ſon dangereux, qui détruit tout
d'un coup l'eſtime, peu à peu
l'amitié, & enfin la plus forte inclination.

A cette réunion des plus délicieux ſentimens des ames, qui
forment les liaiſons les plus ſoli-
des & les plus douces, dont l'hu-

manité dans son beau soit capable, se joignent tour à tour entre
ces deux amans fortunés, chaque
moment de leur existence, mille
attentions fines, mille caresses
touchantes, mille amoureuses
protestations, mille obligeantes
inquiétudes, mille délicates reproches, mille tendres alarmes,
& ainsi successivement un million
de charmes, qui sont sans cesse
de nouveaux nœuds qui s'ajoutent
aux premiers, & qui leur procurent un bonheur d'autant plus com-
plet & d'autant plus désirable qu'il
ne leur laisse envisager dans la
mort qu'un passage de la vraie félicité temporelle, à une félicité
plus durable.

F I N.

TABLE
DES CHAPITRES.

Fin de la Table.